放課後代理妻

養父は娘を孕ませたい

空蝉

原作・挿絵／リヒャルト・バフマン（サークル 規制当局）

JN131214

KTC KILL TIME COMMUNICATION

Contents

目次

登場人物　*Characters*

堀籠 千奈
（ほりごめ ちな）

容姿端麗で、学内でも人気の女子校生。性的なことに対して疎く、流されやすい性格。

堀籠 成将
（ほりごめ なりまさ）

千奈の母、千草の再婚相手である義父。跡継ぎ問題に頭を悩ませており……。

高橋 悠太
（たかはし ゆうた）

千奈と同級生の男子生徒。成績優秀で人柄も良い優等生。千奈に思いを寄せており、友達以上恋人未満な関係。

プロローグ

1

春先の、殊更《ことさら》に穏やかな晴天に恵まれていた、その日。

八歳の永手《ながて》千奈は、帰宅した六畳一間の賃貸アパートで、母である千草《ちぐさ》の出迎えを受けた。

「千奈《ちな》、おかえりなさい」

「え……おかあさん？」

酒と博打《ばくち》に溺れた果てに行方をくらませた前夫との生活で積み重なった借金の返済に追われ、朝から夜まで働きづめだった母親。

その母が午後四時に家に居るというのが、まず驚きだった。

しかしそれ以上に、母の隣で同様に畳に座している、初めて目にする人物に幼子《おさなご》の視線と意識は向かった。

（ひょっとして、借金取りさん……？）

母の隣にいたのは、スーツ姿の恰幅の良い中年男性。禿頭の下の風貌は強面《こわもて》だ。千奈が物心ついて以来幾度となく目にしたことがある「堅気ではない者」たちが纏《まと》う、特有の危うい雰囲気。それを眼前の男も確かに持っている。

だからこそ男は借金取りに違いなく、また母共々言葉と暴力で責められるのではないか。

確信めいた怯《おび》えが身を強張《こわば》らせる。当然、声を出すこともできなくなった。

「……大丈夫よ、千奈」

そんな娘の姿から心境を察したのだろう。いったん立って娘を抱き寄せると、いつも以上に優しい声色と、働きづめで年の割には荒れている手で頭を撫でてあやしてくれた。しばらくそうして、腕の中の娘が安堵したのを見計らい、共に座ると——。

「紹介するわね。……堀籠成将《ほりごめなりまさ》さん。今、結婚を前提におつき合いさせていただいてるのよ」

母は、まったく予想外の内容を口にした。

(結婚……お母さんが……?)

八歳の少女がすぐ呑みこめるわけもなく、ただただ目を白黒させていると、

「初めまして、千奈ちゃん」

ようやく重い口を開いた男性が、語りだす。

母よりだいぶ年上の四十七歳であること。出会ったのは母の勤め先の一つである夜のお店で、客と店員としてであること。それから半年、真剣な交際を続けていること。自身は複数のレジャー施設の経営者であること。

彼は女児にも理解しやすい言葉を選び、にこやかに、ゆっくり一つずつ語って聞かせた。

幸《さち》薄い人生を歩んできた弊害は小さな身にも確かに在って、特に「母に近づく大人の男は暴力を振るう怖い存在だ」——前の父親や借金取りによる刷り込みは、影響が甚大だった。

千奈は、相手の素性や性分にかかわらず、大人の男と目を合わせることが恐ろしくてできない。

(この人が……わたしの、新しいお父さんに、なるの……?)

声に出すのも憚られて、成将にではなく母に目で問いかける。その眼に宿る不安と怯えを気取ってか否か。

母は黙って、幸せそうな表情で小さく頷いた。

「千奈ちゃん、これからよろしくね」

名を呼ばれておずおずと上目遣いに様子を窺《うかが》うと、成将の大きな手が迫って来る。

先ほどの母と同じように、幼子の頭を撫でようというのだろう。そう、頭の中では理解していたのだけれど――。

酒を飲んでは母と自分に暴力を振るった、前の父親。その硬い拳骨《げんこつ》の記憶が、今まさに迫り来る大きな手と重なる。

(……嫌！　痛いのはもう、嫌だ！)

暴力へのトラウマが実際以上に巨大に見せたそれは、小学二年の娘の頭部などたやすく握り潰してしまえそうで、堪らず目をきつく瞑《つむ》り、亀のように身を丸める。

殴られる面積を減らし、哀れな姿をさらすことで許しを請う。幼子がこんな自己防衛方法を身に付けなければならぬほど、前の父との生活は過酷だったのだ。

(前のお父さんも、借金取りの人も……大人の男の人は、すぐぶつから嫌い。邪魔だって、怖い声で怒鳴るから嫌い！)

なのに――今まさに手を伸ばしてきた人は、違った。

頭にぽんと乗せられた手のひらは温かく、あやすように撫でるばかりだ。

「あ……」

恐る恐る瞼を開くと、首を傾《かし》げて覗きこんできた成将と視線がかち合った。

「おっ。やっと目を合わせてくれたね」

初めて間近で見つめ合った相手の顔は、初印象の強面が嘘《うそ》のように、慈愛に溢《あふ》れた笑顔へと変容している。

「今までずいぶん怖い思いも、ひもじい思いもしたみたいだけど、これからは絶対にそんな思いはさせない。約束するよ」

何ら含みのない大人の男の優しさが、薄幸に慣れた小さな心身に染みた。

より濃く、根深くこびりつく大人の男への不信と恐怖をいっぺんに拭い去るとまではいかなかったものの、胸の芯に仄かな安堵が宿った瞬間だった。

2

それから約二か月後の大安吉日。

永手千草は成将と再婚して堀籠姓となった。

同じく堀籠姓となった千奈を伴い越県して訪れた成将の自宅は、一目見て言葉を失う圧巻ぶりだった。

高く立派な門構えの内には、共に大きな純和風の母屋と離れが建ち、それを囲むように手入れの行き届いた庭園が見渡す限り広がっている。総敷地面積二千平米超えの豪邸は関東の田舎町にあって、ひと際《きわ》目を惹く存在だ。

（こんなにも大きなおうち……本当にあるんだ。ここに、今日から住むの？）

昨日まで築六十年の安アパートに住んでいた子供としては圧倒されるほかなく、繋いだ手から母の緊張も伝わったことで余計二の足を踏んでしまう。

「二人の荷物はもう運んであるから。さ、遠慮せず入って」

そんな母子の背を、四十路《よそじ》後半にして初婚の喜びに震える成将の声と手が押して、入室を促すのだった。

元々が関東に多数の山林を所有する大地主の家系であり、そこに会員制ゴルフ場など複数のレジャー施設を建て営むことでいっそうの財を成した成将。

四十七歳にして楽隠居の身であり、日中家に居ることの多い彼との生活は、金銭的にも、千奈に親の愛情を注ぐという面でも恵まれたものだった。

再婚後は専業主婦となり接する時間の増えた母。裕福な暮らしの中で良い食材を用いた彼女の手料理を朝晩欠かさず食べられるようになったことで、空腹に悩む日も多かった以前とは比べ物にならないくらい千奈の栄養状況は改善した。

新しい家族に馴染もうという姿勢が顕著な成将は、生い立ちゆえに引っ込み思案な幼子の面倒をよく見、洋服や遊び道具も望む以上に買ってくれる。

二か月前まで困窮の果てに夜の歓楽街で働いていた母と、その客であった「新しい父」。二人の間に何があり結婚にまで至ったのか知る由もなければ、知ろうともせず。幸せに不慣れな娘にとっては、急激な変化に惑う毎日だった。

それでも。

「千奈ちゃん」

強面に慈しみの表情を浮かべて名を呼んでくれる成将。

(この人は、違う。前のお父さんや、本当のお父さんと違って、本当にわたしのことを大事にしてくれてる)

看護学校を卒業したてだった当時二十二歳の母に強引に迫り、孕《はら》ませておきながら終《つい》ぞ認知しなかった本当の父。

酒に溺れて事あるごとに暴力を振るった二番目の父。

いずれからも得られなかった「父性」を、折に触れて頭を撫でたり手を繋いだりしてくれる大きな手から感じ取ることができたから。

「お父、さん」

一年とかからず、彼のことをそう呼べるようになった。

それから本当にたくさんの思い出を、家族三人で築いていった。

初めての家族旅行では有名な温泉旅館に泊まり、生まれ育った関東とは違う三陸の景色と料理に魅了され、夜には親子三人、枕を並べ川の字に寝た。

また、初めての遊園地も幼子の記憶に鮮烈に残っている。

「夢の国に来たみたい……」

立ち尽くして呟き、静かに胸高鳴らせる娘の姿に、夫婦は揃って目を細め。

「入り口でこれじゃ、中に入ったら感激で泣きだしかねないぞ」

苦笑しつつ予言する父と、微笑む母。それぞれに手を取られて見て回ったその日のことは、何年経っても細部まで思い出すことができた。

引っ込み思案の千奈が転入先の小学校に馴染めないでいると聞くと、成将は、自宅の庭にクラスメイトを招いてのバーベキュー大会を催してもくれた。

その甲斐もあり千奈に最初の友人ができる。春日部朋子《かすかべともこ》という名のその子は、千奈と対照的によく笑う娘だった。

「千奈ちゃん、おはよ！　今日も一緒に学校行こ」

「うん。ありがとう、朋子ちゃん。お父さん、お母さん、行ってきます」

人見知りしない明朗な性格の朋子は千奈ともすぐに打ち解け、家が近いこともあり、毎日登下校を共にするようになった。

元々男女分け隔てなく友人の多い朋子と仲良くなったことで、自然と千奈も人の輪の中にいることが増え、そうして、少しずつ友人との触れ合いを重ねて、日々を楽しむ、ということを覚えていった。

「最近、千奈ちゃんは本当によく笑うようになったなぁ」

「ええ。友達もたくさんできたみたいで、一安心です」

人並みのありふれた（裕福な親がいるという点では人並み以上の）日常を謳歌し、朗らかな笑顔を見せることの増えた愛娘。

その成長を見守ることは、血を分けた母である千草のみならず、成将にとっても至上の喜びとなった。

夫婦はそれぞれが目にした愛娘の成長ぶりを報告し合っては、笑顔を交わす。笑顔の絶えない家を、千奈も含めた家族全員が愛していた。

四十七歳の父親と、八歳の娘。場合によっては祖父と孫娘でも通じる年の開きゆえに成将は千奈を過保護なまでに溺愛し、親の愛に飢えていた千奈もそれを素直に受け入れている。

そんな夫と子を見つめる母の表情もまた、働きづめだった頃にはない穏やかさに満ちていた。男運のなかったこれまでと違い、ようやく幸せを掴《つか》んだのだと信じて疑わない母は、良き妻、良き母であろうと気負うようにもなっていったけれど。

大切な家族と、ずっと暮らしていける。

(この幸せがいつまでも続きますように)

思春期を迎えても、それが千奈の一番の願い。家族と離れたいとは、思ったこともなかった。

(お母さんが哀しい顔をしないで済むように。お父さんがくれた幸せに適う、いい子でいよう)

運動も勉学も並の域を出ない少女にとって、それこそが最も親の恩に報いることになると信じて努め続け――。

成将と家族になってから十年が経ち、瑞々《みずみず》しい女性へと育った千奈はついに学生生活最後の春を迎えた。

第一章　養父は娘を孕ませたい

1

五月最初の金曜日。この日は朝から小雨が降っていた。

胸元に青いリボンのついた長袖カッターシャツにチェック柄スカートという春の装いの制服に加え、色の濃いストッキングも穿いて玄関を出た千奈だったが、それでも少し肌寒い。

堪らず己の肩を抱くと胸元が寄せ上げられる格好となり、豊かに実った双乳が強調される。

「お父さん、お母さん、行ってきます」

傘をさしてから玄関を振り返った千奈は、見送ってくれる両親を心配させまいと、努めて明るく声を張った。

四月から三年生になり、制服を着れるのも後十一か月。名残惜しさを覚える一方で、未来への期待に満ちている。

「はい、行ってらっしゃい」

芽吹きたての若葉の如く瑞々しい娘の笑顔に対し、今年四十歳を迎える母の声は、心なしか沈んで聞こえた。

胸騒ぎを覚えた千奈が腰に届く長さの髪を結いあげた右サイドテールを靡《なび》かせ、母の顔を見つめる。

「行ってらっしゃい千奈。ああそれと……今日は話したいことがあるから、まっすぐ帰ってきなさい」

すると、エプロン姿の母を隠すように前に立った父が、いつものにこやかな笑顔で野太い声をかけてくる。

五十七歳になってますます壮健な巨躯《きょく》を、鼠色の長袖シャツとゴム紐の黒ズボンに包んだ父。十年前に比べて禿の面積は広がったものの、残る髪は黒々としていて、精力的な印象を強く受ける。

強面の父は目を細めて今日も、娘の身体をつま先から頭のてっぺんまで舐《ねぶ》り上げるように眺めた。だがそれは毎日のことで、過保護な父が子を心配してのこと。

そう思えばこそ千奈は抵抗感なく受け入れ、父が眺め終えるまで、じっと立って待った。

小ぶりな唇、成長の著しい胸元、安産型のヒップ。性的な部位で決まって父の視線がいったん止まるのも、毎度のことだ。

だから気にすることじゃない。

(そんなに子供じゃないつもりだけど。きっと、お父さんにとっての私は、いつまでも小さい子供のままなんだろうな)

幸薄い幼少期の反動で、父にはたくさん甘えてきた。

過保護で心配性の父がしつこいほど眺めてくるのも、もう慣れっこだ。

反抗期もなく育ったおかげで、親の過干渉を疎《うと》ましく思うこともない。

心配してもらえることを嬉しく思うばかりだ。

そうした下地が、父への違和感を抱かせなかった。

幼い頃眺められたのとは違う、ねちっこさが彼の視線に入り混じっていることに気づいてはいたが、父に見られることに慣れている心身は嫌悪感を抱かなかった。

ただ単に成長した分、娘への心配が増した――そんな気持ちの表れだろうと思ったからだ。

それに、父の肩越しに覗く母も、見慣れた儚《はかな》くも柔和な笑みをいつの間にか浮かべていたから。

「はい、お父さん、お母さん。行ってきます」

父の言う、話とは何だろう。不思議に思いつつも、安堵した心根の赴くままに素直に返事し、改めて遠くに見える門へと続く石畳を進む。

「おはよ、千奈」

門を出ると、十年来聞き慣れた明るい声と、片目をウインクしての悪戯《いたずら》っぽい笑顔が真正面で出迎えてくれる。

「朋子ちゃん、おはよう。……待たせちゃった？」

ビニール傘の下でセミロングヘアの毛先を弄《もてあそ》んでいた、同じ制服姿の親友。その様子から、てっきり待たせてしまったものと思ったのだが。

「ううん、今来たとこ。じゃ、行こっか」

小学二年生の頃からの幼馴染でもある朋子の返答は、あっけらかんとしていた。

その物言いはまるで、デートに遅れた彼女を気遣う彼氏のそれだ。

デートはおろか彼氏ができたことすらまだない千奈としては、朋子の存在が面映《おもは》ゆくも頼もしく。十年前、友達になった頃と変わらず、堪らなく眩《まぶ》しく映った。

「でさ、うちのパパがさ、言うのよ」

「うん」

朋子のほうから話が振られ、千奈が相槌を打つ。会話が進むにつれて千奈のほうからも昨日あったことなどを、話してゆく。

日々変わらぬやり取り。多くの人にとっては何気ないものに思えるこの時間もまた、千奈にとっては幸せを噛み締められる、大切な時間だ。

(朋子ちゃんにとっても、そうだといいな)

言葉にして確かめたことはない。けれど、お茶目な父や天然なところがある母のエピソードを千奈の口から聞かされて屈託なく笑う姿からは、始業前のひと時を共に過ごすことを楽しんでくれている様子がありありと感じられた。

そんな、小学二年生の頃から変わらない登校風景にも、今年に入ってから一つだけ変化が訪れた。

「あ、ほら、千奈。あそこ、高橋《たかはし》君いるよ」

朋子が、ある男子を見つけるたびに教えてくれるようになったのだ。

「え。あ、うん」

照れつつ親友の指さす先に顔を向けると、黒い傘をさしたブレザー姿の男子の背中が目に留まる。背格好や佇《たたず》まいから目当ての人物に違いないと確信したその後ろ姿を、千奈は頬を染め、遠巻きに見つめるのだった。

男子生徒の名は、高橋悠太《ゆうた》。千奈とは高一の時に同じクラスで、話す機会も多かった彼の人柄の良さは、折に触れて知っている。

同い年の男子の中でも落ち着いた雰囲気を持つ悠太はクラスが離れた後も顔を合わせるたび声をかけてくれたし、成績優秀な彼に何度か勉強を見てもらったこともある。

浮いた話の一つも聞かない優等生男子からの好意を意識しつつ、千奈もまたこの二年来、悠太に片思いをしている。周りに比べてあまりにも遅い、初恋でもあった。

「お。あっちも気づいたみたい。こっちに来るよ」

熱のこもった視線が効いたのか、その片思い相手が小走りに近づいてくる。

秘めたる想いに胸焦がしていた千奈が、朋子の指摘を受けて気づいた時にはもう、駆けてくる悠太の「はっ、はっ」という息遣いと真摯なその表情が鮮明にわかるまでに距離が詰まっていた。

「え？　ふぇっ⁉」

急なことに驚き惑った挙句に妙な声を出してしまった千奈をよそに、とうとう間近に駆け寄ってきた悠太が傘の下で小さく手を振り、声をかけてくる。

「堀籠さん、春日部さん。おはよう」

足を止めて、少し乱れた呼吸を整えてから発せられたその第一声。

先に千奈の苗字を呼んだ彼に対し、察した朋子がニマニマとした笑みを投げかけた。その間、当の千奈は耳まで真っ赤にして俯き通し。

千奈の脳裏には、先週朋子に言われたことが繰り返し響いていた。

『向こうも千奈のこと好きだよ。間違いないって。……高橋君は狙っている子も多いんだから、向こうも意識してくれてるうちにくっついちゃいな』

悠太からの好意。それは今しがたの嬉しそうに駆けてくる姿からも、

「今日は、ちょっと寒いね」

話しかける際に右隣の千奈をチラ見するその様からも、明らかだ。

「うん……」

それでも、初めての恋に惑う千奈は、はにかんで短く応じるので精一杯だった。

甘酸っぱくももどかしい雰囲気の二人に、このところ頻繁に付き合わされる朋子が焦《じ》れったく思うのも無理はない。

千奈としても、このままでいいとは思っていない。

(私と同じくらい奥手な高橋君が、ここまでしてくれてるんだもん。私だって……勇気出して気持ち……伝えなきゃ)

折しも昨日、そう決意を固めたばかりだ。

『まぁ男の子のほうから告ってきてくれたほうがいい、といえばいいけどねぇ』

昨日の放課後相談を持ち掛けた際、朋子はそうも言っていた。

できれば悠太の口から男らしい告白を聞きたいと夢見るところは、千奈にもある。

(今……ここで私にできる精一杯、って)

——なんだろう?

答えは、驚くほどすんなり言葉となって紡ぎ出された。

「な、夏休みに、どこか一緒に行けたらいいね」

奥手娘らしからぬ突如の発言に、告げられた悠太のみならず朋子も千奈に目を向けて一時停止する。

それでも、十年来の親友は「次の休みではなく夏休みというところ」が千奈らしいとすぐに思い直すと、耳まで赤くしながら遠回しに気持ちを紡いだ親友のフォローに回った。

「ちょっと気が早い話だけど、いいね。夏休み、海にでも行く? 私のほうから何人か女子に声かけとくから、男子への声掛けは高橋君お願いね」

「え。あ、ああぅん。わかった……」

手早く話をまとめてゆく朋子に対し、生返事の悠太。そのまなこは、まだ信じられないという様子で見開き、千奈のほうへと向いている。

その千奈もまた、夢見心地のポーッとした顔で、頭二つ分高いところにある想い人の顔を見上げていた。

(言っ……ちゃった。高橋君とお出かけ……できちゃうんだ……)

互いに歓喜に胸躍らせながらも照れ入る二人は、視線を絡ませておきながら、はにかむばかりで手も繋ごうとしない。

(また、朋子ちゃんに『じれったい』って言われちゃうんだろうな……。でも、これが今の私の精一杯)

確かな幸せの宿るまなこを細め、憂い一つない笑顔を想い人に捧げる。

「堀籠さん……海、絶対行こうね」

受け止める彼の側もまた、いつにもなく念を押す物言いで喜びと意気込みを示してくれる。

「うん……!」

小雨が傘を叩く音を掻き消すほどけたたましい胸の高鳴りに晒されながら、負けじと声張る少女の懸命さ。

それをこそ好ましく思う親友は手馴れた様子で、愛しさで破裂せんばかりの胸を押さえた優等生男子はもう一方の手でおずおずと、それぞれ千奈の手を取るのだった。

2

夢見心地のまま過ごした一日は、あっという間に過ぎ。

「それじゃ、また月曜日。応援してるからね」

「うん、ありがとう、また、来週ね」

いつもの十字路で朋子と別れ、一人帰路を歩む道すがら。

(まだ……高橋君の手の感触、思い出せちゃう……)

千奈は何度となく、朝、想い人に握られたほうの手を開閉した。そうすることで思った以上に逞《たくま》しく感じた悠太の手の感触と、力強く握られた際の「心がしっとりと濡れる」——そんな初めての感情をも思い出して悦に入る。

(同じ男の人でも、お父さんに手を握られるのと全然違った。胸の奥がジュンってなる、あの感じ……お父さんと手を繋いでなったことないもの……)

胸に溢れる感情を持て余しては身を揺すり、口元はニマニマと緩みっぱなし。傍《はた》から見れば怪しさ満点の様相で、気づけば自宅の門をくぐり、玄関に着いていた。

「おかえりなさい、千奈」

戸を開けた途端、深く沈んだ掠《かす》れ声が響く。

「ひゃっ！　あ……お母さん」

声の主は、朝と変わらぬ格好で立っていた母。その表情や様子を窺う前に、千奈は気恥ずかしさから目を伏せてしまった。

先ほどまでの醜態は見られてはいないと思うが、どうにも目を合わせ辛い。

結局、靴を脱ぎ家に上がる間も千奈が目を合わせられずにいると——。

「行きますよ」

告げた母が娘の、朝は悠太に握られた手を掴んで強く引っ張った。

「やっ⁉　い、痛いっ、どうしたのお母さん？」

突然のことに驚き、強引に引かれる手の痛みを訴える千奈の声にも、母は一度も振り返らなかった。

「居間でお父さんが待ってるわ」

そう告げたきり押し黙った母に引っ張られるままに居間へと続く廊下を歩む。

居間が近づくにつれて、母の手指の圧が強まってゆく。

「痛い！　痛いよ、お母さんっ」

いよいよ爪が娘の手に食いこんで、痛切な、泣き声に近い叫びを上げさせる。

「……ごめんね、千奈」

それでようやく振り向いた母。今年四十歳になる母の小皺の増えた目尻に、涙が滲《にじ》んでいるのが見て取れた。

(どうして、そんな哀しそうな顔しているの。何が……起こってるの?)

この家に来てから一度も見たことのなかった母の泣き顔。悔しさと、哀しみと、憐憫を振り向けてくる母の顔に猛烈な不安を覚えて間もなく、千奈は居間へと到着した。

畳敷きの広い居間。そこと廊下を隔てる襖が母の手によって開け放たれた瞬間。

「……っ⁉」

またも目に飛びこんできた信じ難い光景に、千奈は動揺し、手の痛みも忘れて二度瞼を瞬いた。

「千奈ちゃん!」

呆然《ぼうぜん》とする千奈が一歩、母に背を押されるがまま足を踏み入れた瞬間に、もう何年も「千奈」と呼び捨てている養父が、出会って間もない頃のようにちゃん付けで呼んでくる。畳に額を擦りつけて土下座した状態でだ。

常に自信に溢れており、時には尊大に映ることもあった父親の初めて見る痛ましい姿に、「どうして」と問いかけたかったが、千奈が踏み入る前から場を支配する重苦しい空気がそれを許さなかった。

言葉を発せないでいる娘を尻目に、母はゆっくりと、朝と同じ服装の父の隣へと歩を進め――そして倣うように首を垂れて、土下座の姿勢を取る。

「や……！　やめてお母さん、お父さんも！　どうしたの一体⁉」

何を謝る必要があるのか、とにかく理由を話してほしい。

よっぽどそう告げたかった娘の涙目と、開きかけた口に先んじて父が語りだす。

「堀籠家には男の跡継ぎが必要なんだ。だから千奈ちゃん……頼むっ」

追随するように、母が告げる。

「私も不妊治療頑張ってきたけど、もう四十歳だし見込みは薄いだろうって、お医者様が、ね。だから……お願いよ千奈」

養父が男の跡継ぎを欲していることも、母が不妊治療をしていたことも、千奈には初耳だった。それ故《ゆえ》に余計動揺し、すぐには言葉が出てこない。

土下座したまま語る二人の辛い心情を思うと胸が張り裂けそうになるが、だからといって「娘」である自分にできることなどあるのだろうか。

「頼む……って、お願いって、何……」

不安と惑いと、親の助けになれるのならという純粋な想いの入り混じった震え声を、どうにか絞り出す。

それを受けて顔を上げた父が、とうとう本題を口にする。

「千奈とお父さんとで子供作ろう」

当初千奈は、聞き間違えたのだと思った。

「え……？」

だから戸惑いの目を父、母の順に振り向けて、「聞き取れなかったからもう一度」と告げるつもりで口を開く。けれどまたしても、言葉を発することは叶わなかった。

「お父さんの子供を、千奈。あなたが身籠ってあげて」

父と十年連れ添い、辛い不妊治療に努めてきた母が、土下座したままの姿勢で改めて要請したからだ。父の声以上に耳慣れているせいか、その発言は一言一句鮮明に、信じたくない思いでいた娘の心に突き刺さる。

（お母さん。お父さんも……何を、言ってるの⁉　そんなの、おかしい。無理だよ）

二人を親と思えばこそ、告げられた願いの異常さに拒否感が湧き。それはすぐさま千奈の表情に投影された。

「後生《ごしょう》だ千奈ちゃん！」

なのに、そんなことはお構いなしにすがりついてきた養父の腕が、娘の肩を掴んで離さない。間近に迫った養父は、切羽詰まっているからなのか鼻息荒く、鬼の如き形相をしていて、今にも襲い掛かってきそうだ。

(離れて!)

喉元まで出かかった悲痛な叫び。それをすんでのところで自ら押し殺してしまったのは、時同じくして脳裏に過去の記憶が蘇ったせいだ。

かつて今の父の前に、母が結婚していた男。毎日のように母子に暴力を振るったあの男は、いつも決まって「お前たちを愛してるから、やってんだ」——そう言った。罵《のの》ったのと同じ口で告げられる愛の宣告は幼心にも薄っぺらく感じた。

なのに母は困ったような、仕方ないとでもいうような曖昧な表情をして、結局薄っぺらい宣告を受け入れてしまうのが常だった。

そんな彼女の姿を初めて目にした時、誰よりも愛しい、唯一頼れる存在のはずの母のことが惨めに思えた。

頼りの存在ではなく、ただただ男の陰に控える無力で惨めな人。その、忌まわしき記憶と共に過去のものとなったはずの姿がまた今。娘に迫る養父を止めもせず、「仕方がない」といった表情で目を背けている母に重なった。

「お母さんっ！」

娘が涙声で呼んでも、母の顔が向くことはない。

裏切られたという想いは、幼き日の記憶が相乗したせいで一気に破裂寸前となり。

「どう、して……」

やっと吐き出した問いの答えは、程なく千奈自身の渇きゆく胸中に訪れた。

（……仕方がないんだ）

――お母さんは昔からずっと、男の人に逆らえなかった。そういう人なんだから。

――私は、お父さんの本当の子供じゃないから。

――拒めば、父と母からの愛情を今までのようには受けられなくなる。それは寂しい幼児期を送った自分にとって、成将という父ができて初めて両親からの愛を実感した自分にとって、安寧の日々を送る今の自分にとって、もう耐えられることではない。

いくつもの「無理矢理自分を納得させる理由」を思いついた果てに、千奈の表情は消え、諦観によって四肢は脱力した。

（お母さんも、ずっと、ずっとこんな気持ちだったのかな）

強引に関係を結ばされた果てに身籠った子供を認知してもらえなかった時も。前の夫の暴力に耐えていた時も。今の自分のように諦めることで、それ以上傷つくのを防いだのかもしれない。

常々母と自分は性格が似ていると思ってきた千奈だけに、今の母の姿は未来の自分かもしれない——そんな空恐ろしい想像までもが渦を巻き。

未だ土下座しっぱなしの母がいっそう哀れに映った。

(いつか私もお母さんと同じように、辛い時、愛想笑いを浮かべるようになる……?)

諦めと自嘲の入り混じったあの卑屈な笑みが、自身の顔に張りつく様。

さらなる未来予想図に怯え始めた少女の心は、千々に乱れゆく。

無言で俯くその様が、拒絶の意思なしと受け止められたのだろうか——。

「寝室へ行こう」

告げた父に手を引かれ、立ち上がらされる。

繋ぐ手は、これまで築いてきた家族の絆の象徴だ。そう思うとどうしても振りほどけなかった。

3

両親が使っている寝室へ連れてこられ、すでに敷かれていた布団の上に座るよう促されても、従順に座る。

そんな諦めきった娘もさすがに、鼻先に迫る中年男の脂ぎった顔と、荒い鼻息には身を強張らせた。

「やっ。お父さんっ、ちょ、ちょっと待って……」

何をされようとしているのか理解して、慌てて制止しようとした——ものの、迫る巨躯の圧力を、少女の細腕で押し返せるはずもない。

そうして結局。

「んぅんっ⁉」

まだ何者にも許していなかった桜色の唇を、育ての父に奪われる。

養父の大きな手に両肩を抱き締められ、千奈はカッターシャツの胸元を相手に押しつける格好での接吻を余儀なくされた。

(私、お父さんとキス……してる。ファーストキス、こんな形でなくすなんて……)

養父の厚ぼったい唇の感触を生々しく実感するにつれて、哀しき事実と向き合う。

「ふぅ、ふぅぅっ」

(い、いやあっ！)

顔を紅潮させて悦に入っている中年男。父と慕った人のそんな表情を見ていられず、弾かれたみたいにそっぽを向いた。

「お父さん……っ」

ときめきではなく危機感から速まる胸の鼓動。そして初めてを奪われたという嘆きが、大人しい少女に抗議の姿勢を取らせる。

だがそれも、子作りに前のめりな養父には通じなかった。

「千奈っ」

「やっ。キスはだめっ。キスは……」

——子作りとは関係ないでしょう。

再度口付けを迫る相手に向け、そう——子作りについてもまだ抵抗がある中で伝えようとした千奈。それも結局は徒労に終わった。

娘の後頭部を捕まえ、引き寄せるのと同時に養父の唇が押しついてきたからだ。

週の大半ゴルフをして過ごしている成将は、ふくよかな見た目に反して頑健で、力強いその腕の引きから逃れるすべはない。

「ひゃめっ、ひゃめへっ、おとうひゃ、んんっ」

——やめて、お父さん。

この期《ご》に及んでもまだ父と呼んでくれる娘の口唇《こうしん》。その瑞々しい弾力を養父は思う存分味わって、あまつさえ舌を差しこんでゆく。

潜った父の舌は、縮こまっていた娘の舌先を探り当てるや、一目散に吸いついた。

（やだ、やだぁっ……やぁぁ……やめて、もうやめてお父さん！）

発せない声の代わりに、剥いた目で訴える。

そうして発情した養父の表情をまた直視してしまい、涙で頬を濡らす羽目になる。

ちゅっ、ぢゅるるっ、ちゅぅちゅっ、ぢゅううっ――。

娘が涙に暮れる間も、養父の舌は止まらない。捕まえた娘の舌を吸い立てては唾液を啜《すす》り、お返しとばかりに自らの唾液を娘の口腔《こうこう》に垂らし注ぐ。

擦り合わされる舌のざらついた触感もさることながら、泡立ち絡む唾からも生臭さが伝わって、その都度千奈の背には悪寒が奔った。

実の娘のごとく慈しんできた対象が、おぞましさに眉根をしかめ落涙し続けているにもかかわらず。

父は音を立て舌同士の摩擦を楽しみ、娘の舌ごと唾液を啜っては、キンキンに冷えたビールを飲んだ時のように感極まった表情で喉を鳴らす。

それはキスに不慣れな千奈が息苦しさにえずくまで続き。

「はぁ、は、ぁぁ……」

やっと解放された時、千奈は肩で息をしながら、まだ涙の乾ききらない上目遣いで父を見つめるのがやっとの有様へと追いこまれていた。

視線の先の唇と、自身の唇。二つを唾液の糸が繋いでいるのが見て取れる。それによって改めて「養父にファーストキスを奪われた」という現実を思い知り。

「う、うぅ……っ、ううう」

嗚咽《おえつ》するたび溢れる涙でドロドロになってゆく顔を見られたくないばかりに、少女は自らの両手で覆い隠す。

図らずもそれが、また養父の付け入る隙となった。

「千奈。今夜はお前がお父さんの妻だからな」

舌なめずりしながらの宣告に背筋が凍り、千奈が尻もちをついた状態の腰を、布団を這《は》いずるように一歩後退させる。だが、顔を覆っていた手をいったん下ろし、布団に着けた手を起点にして身体を下げる、その手間の分だけ、対応が遅れた。

その遅れを見逃すことなく、父の手が娘の胸に触れた。ここ数年で一気に実った胸の膨らみを、カッターシャツとブラジャーごと揉みこんでくるその手のいやらしさに怯えるあまり、千奈の逃げる動きが止まる。

「ひっ……」

引き攣《つ》った短い響きを発する間に布団へと押し倒され、双胸が父の手の内で弾む。

「すっかり大きくなって。父さんなぁ、もう何年も目のやり場に困って悶々としてたんだぞ。気づいてなかったろ」

「嫌っ……そんなこと、言わないで……」

ただただ幸せに思えていた日常まで汚《けが》された気がして、哀しくて堪らない。再び落涙し、しゃくり上げた拍子に千奈の腹が波打った。

引き締まったその腹も、カッターシャツのボタンを上から順に外す養父の手によって程なく露わにされた。

すべてのボタンを外し終えたカッターシャツを左右に開き、娘の豊乳を覆う青と白のストライプ柄のブラジャーを視界に収めた途端。

「堪らん。見るぞ。ほぉら千奈の生乳、見えちゃうぞぉ」

「やめて、お父さん……お願いだから……」

涙ながらの懇願を受けたことで、かえって目の色を変え、鼻息を荒らげた父。その手は一切の躊躇《ちゅうちょ》なく、娘のブラジャーをたくし上げた。

「ばぁっ」

父の幼児をあやすみたいな掛け声と共に姿を現した、十代の娘の肌色の双丘《そうきゅう》。左右それぞれの先端に咲く桜色の乳頭が、覆いを失くした心細さに震える中。

「おぉ……いいぞぉ千奈。娘のおっぱいがちゃんと育ってて、お父さん嬉しいなぁ」

養父は自身の手に少し余るサイズのそれを褒めそやすと共に、まずはねっとりと舐りつくような視線でもって犯していく。

「見ちゃやだ、お父さんお願い、見ないで……」

袖を通したシャツを押さえられているせいで、胸を手で覆い隠すことはできない。千奈に今できるのは、胸に奔る悪寒にひたすら耐えることと、無駄と知りつつ父に行為の中止を訴えることだけだ。

「何言ってる。赤ちゃんができたらお乳をあげる大事な場所だ。ちゃんと父さんが具合を確かめといてやらんといかんだろう」

もっともらしいようでいて自分本位でしかない発言の直後。

父の手がおもむろに娘の左乳首を摘まんだ。

「んっ……！」

いきなり敏感な部位に触れられた驚きと、やはり父は止まってくれないのだという諦め。双方に見舞われた千奈の身体が硬直し、抵抗できずにいる間。

摘まんだ指の腹で乳首をすりすりと丁寧に擦ったかと思えば、乳頭を押しこんで乳輪もろともやはり指腹で揩り捏《こ》ね回す。

父の手は、処女の娘には思いもつかない方法で乳頭を弄んでいった。

「んぅ、やっ、あ、あぅ、んあんっ」

自慰の経験もない娘は、父の指が蠢《うごめ》くたび胸内よりこみ上げる快楽の疼《うず》きに戸惑いながら、その都度口蓋から短い喘《あえ》ぎを漏らす。

(おかしいよこんな……こんなはしたない声出したくないのに。嫌なのにどうして? 私の身体……おかしくなっちゃったの⁉)

父の愛撫が熱を帯びるのに合わせて、独りでに喉をついて出る喘ぎ声も艶《つや》を増してゆく。極力声を殺して響きを短く抑えようとするものの、初めて味わう恍惚《こうこつ》は不本意ながら甘美で、それを浴びるたびに抗いの意識が揺らいでしまう。

「千奈の乳は感度抜群だな。これがいずれ母乳を出す。想像するだけでもう、堪らん」

うっとり呟いた父の口唇が、たった今まで指腹に弄ばれていた左乳に齧《かぶ》りつく。

「ンひぃっ⁉」

ちゅばちゅばと吸いつかれた乳輪に迸《ほとばし》る刺激は、先の指愛撫の効果もあって、より鮮烈な恍惚の波となって若い女体を駆け巡った。

「やだ、お父さんっ、吸っちゃやっ、ああああ」

お父さん――そう呼ぶたびに父が滾《たぎ》りを強めていることに気づいてはいたが、どうしてもとっさに口をついて出てしまう。それだけの時間を父と娘として過ごしてきたし、たくさん良い思い出も作ってきた。

（なのに……どうして？　やっぱり、血が繋がってないから？）

だから長らく養育した相手であっても、性的昂奮を覚えるのか。

それとも血の繋がった親子であっても、あり得ることなのだろうか？

千奈が答えの出ない疑問に悩まされる間に、養父の口唇は吸いつくのをやめ、代わりに伸びてきた舌が乳頭を転がしだす。

「ひっ！　あっ！　やぁあっ」

先の吸いつきによって、すでにべっとり貼りついた唾液によって濡れ光る乳輪。その中でも特に敏感な突起部を舐り転がされて、さらなる悦波が若い胸内に注がれる。必死に声を噛み殺せば「ふーっ、ふーっ」と甘ったるい鼻息が続くことになり、千奈はどうやっても恥辱に見舞われる状況に心を摩耗させていった。

左胸への刺激が続いたことで娘が身構えていると気づくや、父は右乳に狙いを変えて、再び指による愛撫と口唇での吸引、舌での舐りを施してくる。

右の乳を吸いながら左乳首を指で挟んで揩り捏ねる。左乳輪を舐りながら右乳を揉み捏ねる。組み合わせを変えて間断なく与えられる刺激のどれもが執拗《しつよう》で、若い女体の内に抗いがたい悦波を巻き起こす。

（や、あ……揉まれるだけで身体ビリビリする、乳首の奥がジンジン疼いて、私の身体どんどん、どんどん変になってくよぉっ）

千奈は乳首を吸われるたび、乳肌を舐められるたびに火照る四肢を震わせて、元より高い己が身の感度がさらに引き上げられてゆくのを痛感した。

「ほら千奈、わかるか。おっぱいねぶったら、おま◯こもだんだん濡れてきたろう？」

十分以上時間を費やして弄んだ娘の両胸を、ようやく解放した父が言う。

「ふぁ……っ、やぁぁぁ」

散々吸い舐られて、そよ風を浴びただけで悦に入る有様となった肉体を持て余した千奈が、潤む口蓋を開いて内なる熱を吐き出した。

初めてなのにたっぷりと味わわされた性的快感に慄《おのの》きながらも溺れかけている、そんな己への嫌悪に苛《さいな》まれていた娘に、父の言葉を理解する余裕があるはずもない。

「ほぉら、ここ……おま◯この筋に当たる部分が染みになってるだろう？」

無防備だった少女の股座《またぐら》。そこを覆うストッキングから、左脚だけが引き抜かれた。

父の手は間髪を容《い》れずに娘のスカートをめくり上げ、ブラジャーと同柄のショーツを露出させるや、その前面へと擦りつく。

「ひあッ⁉」

ショーツの前面には、父に触れられる前からうっすらと染みができていた。

千奈自身も気づかぬうちに刻まれていたそれの出どころ。女性器を指して父は「おま○こ」と言ったのだと、彼の手指が執拗にショーツ越しの縦筋を擂り扱《しご》くせいで嫌でも理解した。

「お父さんのちんぽを受け入れる準備ができてきているんだ」

摩擦を浴びるたびに縦筋の奥が蠢く。同時にまだ父の唾液が乾ききらない胸が切なさに昂《たかぶ》って、千奈はまたも喘ぎを堪えることができなかった。

「ンっ、あ、ぁあっ」

膣奥《ちつおく》が蠢動《しゅんどう》したことで内なる蜜が溢れ、割れ目とショーツを濡らしているのだ。身を以て知った女体の仕組みに羞恥する。

「嘘、嘘だよぉ、そんなこと……」

一方で「父の性器を受け入れる準備ができた」という宣告については、事実と認めるのを心が頑《かたく》なに拒んでいた。

「孕みたい孕みたいと、おま○こが泣いてるなぁ」

娘の心情などお構いなしに、ショーツの股布を摘まんだ父が言う。

（駄目、見られちゃう！）

てっきり女性器をじかに見られると思い、身構える千奈だったが——父は処女の予想の及ばぬ、より悪辣な行動に打って出る。

「ほぉら。お父さんの指、千奈の中に入ってくぞぉ」

ショーツは父の右手指に摘まれ、わずかに脇に寄せられたまま。父のもう一方の手の中指が、ショーツと股肉との間に生まれた小さな隙間に潜り入る。

ショーツの染みの位置から、あらかじめ見当をつけていたからだろう。太く逞しく、長くもある中指は蜜の源泉である膣穴へと迷わず押しつき、そして。

「あっあああっ！」

愛娘の嬌声《きょうせい》を道連れに突き潜る。

「おほぉ、中は熱々。処女なのに痛がらないなんて千奈は本当にいい子だなぁ」

（嘘。お父さんの指っ、中に入っ……なのにどうして私、こんな……こんなにも、はしたない声、どうして……!?）

まだ両胸に恍惚の疼きが残っているせいか。あるいは、膣穴が蜜でしっとり濡れていたからか。いずれにしろ痛みを覚えるどころか、膣全体が収縮して、挿入されゆく指との摩擦を楽しんでしまった。そうして溢れた喜悦《きえつ》が、喉をついて出たのだ。

あまりにも卑しい己が肉体の感応ぶりに、失望する。

嘆き項垂《うなだ》れた少女をよそに——あるいは、その肉体の悦びようを責める好機と知ればこそ、父はさらなる手に打って出る。

「若い女は格別だな。ほれ、ここはどうだ？」

初めは膣内部の温みや、無数に連なる襞々の感触に浸っていた彼の左手中指。それが、不意に膣の上壁——ちょうど千奈の臍《へそ》の裏側になる、コリコリとした触感の肉壁《にくへき》を押し揑ねた。

「おぅんっ♥」

堪らず今日一番のいやらしい声が少女の口から飛び出し、それに気を良くした父の指が何度も、何度もコリコリを刺激する。

そのたびに千奈は熾烈な疼きに憑かれ、身をよじっては喘ぎを吐き出した。性器を見られると思い閉じようとしていた両脚は、もはや悦に痺《しび》れて言うことを聞かず、布団の上に投げ出された状態にある。

やがて、父の中指が膣より引き抜かれ、

「うぁっあああはぁ……」

抜けゆく際の摩擦をも、勝手に締まった膣が思う存分甘受する。

「お父さんのちんぽ欲しい欲しいって、おま○こ、エッチに開いちゃってるなぁ」

「は、あぁ……違うぅぅ」

説得力のまるでない蕩《とろ》け声と、虚《うつ》ろな涙目にあてられて、ズボンの前面を膨らませた父。その迫り来る顔を避けることも、悦に痺れ通しの牝腰には叶わなかった。

「ま○こ汁の味見が済んだら、ハメてやるからな」

言うが早いか、牝の匂いを放つ愛娘の股座へと齧りつく父。

「はぁ、んっ、やあぁぁぁぁ……」

ショーツをずらされて、しとどに濡れそぼる割れ目はおろか、その上部にある淡い茂みまでをも視姦されながら。父に膣口《ちつこう》を吸われては甘露な痺れに見舞われる。

「お父さん、千奈の感じるところは全部知ってるから。いっぱい気持ちよくしてやる。好きなだけイって、いいからな」

感度の良い己が肉体が恨めしく、それをより高める父の手管に恐れ慄き。口では嫌だと言いながらも、「快感」と認識している自分を何より恥じて、千奈が打ちひしがれる中。

父は膣口にべっとりと口をつけて陰唇を吸い、その内より染み出す蜜汁を啜り舐ってゆく。父の舌に割れ目を舐られるたび、震えた陰唇がさらなる蜜を吐き出して——娘が喜悦に咽《むせ》ぶたび、父の喉が鳴る。

「はぁッ、千奈のおま○こ汁とっても美味いぞ」

ぬるぬるとした汁の感触から、とてもそうは思えない。それなのに。これが済めば処女を奪われるという瀬戸際でもあるのに、父に褒められるのは嬉しかった。

「あっ、ひっ、あああっ、お父、さん……お、お願いぃっ」

——まだ父親として慕っているから。だからこんなこと、もうやめよう？

そう伝えたかったのに、性器を舐られて蕩けた声色が、誤解を与える。

まくし立てた父が立《た》ち上がって、逸《はや》りながらゴム紐ズボンとトランクスを脱ぎ捨てる。その股間でいきり勃つ、初めて目にした勃起《ぼっき》状態の男性器は、否応なしに千奈の目を釘付けにした。

「そうか、もう堪らないか。父さんもなぁ、可愛い愛娘が子作りセックスしてくれると思うと、もう……辛抱堪らんぞ千奈ぁっ」

（う、そ……あんな大きいものなの？　それに、脈打ってて気味悪い……！）

父自身の臍に張りつくほど反り返った長砲は、使いこまれて赤黒く、血管を浮かせて脈打つ様が、千奈には何か別個の生き物であるかのように思えた。

自身の手首ほどの直径をも誇るそれが、もうじき腹の中に突き入るかと思うと、これまでの恍惚を帳消しにするほどの恐怖に見舞われもする。

「娘が孕み妻になってくれるなんて、全父親の夢だからな。感謝で、もう先っぽからこんなに漏れて、ふふ、お互いに濡れ濡れだなぁ」

陶酔《とうすい》した様子で語る父が、肉棒を見せびらかすように腰を前に突き出した。屹立《きつりつ》する肉棒の、血管の浮いた幹を上って、くびれを取りすぎた果てにある傘状の先端からは、確かに透明の汁が糸を引いて垂れている。それもまた性的昂奮の証たる汁なのだと、千奈が理解した矢先。

父は鼻息も荒く娘の股下に腰を落ち着けるや、反り返る肉棒を手で押さえつけ、膣口へと突きつけた。

「や、ぁ！　だめっ、だめえっ」

触れて初めて知る逸物《いちもつ》の熱量と硬さに慄いて、青ざめた千奈が必死の懇願をする。

それでも擦り合わさる形になった男女の性器が、クチュクチュといやらしいハーモニーを響かせては、互いの性感を高め合い。女体は本能的に火照りを帯び、間近に迫る男性器をいざなうように、大小の陰唇と膣口が蠢いた。

「ひっ、あ、やぁっやあああっ」

拒絶の字面とは真逆の蕩け甘える響きが父の耳朶《じだ》をくすぐる中。

「タップリと処女ハメしてあげようなぁ」

野太い声での宣言を合図に、丸みのある亀頭部は引っかかることなく膣内部へとカリ首まで埋没した。

「いぎッッ‼　ん……んんんっ！」

熱を孕んだ剛直に膣内をこじ開けられ、突き抜ける痛みに襲われた千奈の表情が苦しげに歪む。

だが、膣は先ほどまでの愛撫が効いてほぐれており、汁気にも満ちている。おかげで——否、不幸にも痛みはさほど長引かなかった。

「おほおぉっ、娘とセックス‼」

吠えた父が逸物を目一杯埋めた際には、その衝撃を嬉々と受け止め、早くも甘い響きが千奈の口蓋からも漏れ落ちる。

「あっ、〜〜〜っ！」

膣内ではいやらしい蠕動《ぜんどう》が始まり、突き入ったばかりの肉棒はその締まり心地を存分に楽しんでいた。

「千奈、お父さんのちんぽで女になったんだなぁ。なんて可愛いんだ」

お返しとばかりに脈打った肉棒が、小刻みに出入りし始める。不規則ゆえに対応しづらいそのリズムに弄ばれるがまま。

「お父さ、ンッ、ンンンッ！　やっ、ああ、それ、やぁぁっあぐぅんんっ……！」

指よりも断然太い逸物の圧と摩擦を陶然と受け入れる肉体とは裏腹に、少女の心はひと際の悲痛にまみれていた。

(お父さんのおちん……ちん、と……こんな風になっちゃいけないのに……)

胸の張り裂けそうな思いが通じてか、喜悦に浸る膣壁《ちつへき》がギュッと締まって逸物を押し出さんとする。

「おうっ、初物はさすがに締まりが違うなッッ」

だがそれにすら悦んだ父の逸物は、脈動と共に先走りのツユを吐きつけた。程なくして肉棒が小刻みな往来を始め、それに合わせて布団に仰向けの女体が前後に揺れる。

「はあっぁああ♥」

堪らず息継ぎをしただけのつもりが、思った以上の甘い響きが漏れてしまい、少女の頬が羞恥に染まった。

膣壁がギュッと締めつけている分、往来する亀頭の丸みと圧力を峻烈に感じる。

押し出されるどころか、今や窄まる肉洞を掘るように我が物顔で行き来する逸物。中でもエラの張ったカリ首が膣壁を掻くように行き来するたび、望まざる喜悦の痺れが千奈の腰から背へと駆け上がる。

（駄目、これっ、駄目えええぇっ）

先の乳愛撫やクンニの時にも感じた「快感以外考えられなくなる」兆候に、強い危機感を覚えて首を振る。

「千奈がヨガってくれて父さんも嬉しいぞぉっ」

布団シーツを掃いたサイドテールを見下ろし、正常位で女体に覆い被さる形となった成将が、鋭角に腰を突きこみだす。より直線的で力強いピストンを受け止めることになった膣肉が、いっそうの摩擦悦に傾倒してゆく中。

「んっふぅ、千奈ぁっ」

耳元で喘ぎ囁くネットリとした声の響きと、熱い吐息、汗ばんだ父の肌の触れ心地。そして何より娘の髪に擦りつき通しの禿頭と顔面の脂ぎった感触が、おぞましくて堪らない。

「お父さん、もぉやっ、ああ、やめてよぉ……」

十年共に過ごして初めて、父に嫌悪感を覚えた。その哀しみが「父」と呼ぶほどに

増幅し、涙となって溢れ出る。

「……千奈」

涙にあてられたのか、いったん腰を止めた成将の右手が、泣きじゃくる娘の頭をよしよしと撫でる。その瞬間、確かに彼は慈しみに溢れる父親の顔に戻っていた。

「お父、さん……っ」

だからこそ安堵した千奈がはにかんだ、それを待っていたかのように——。

「お前が孕むまで、これから何度でもパンパンしてあげるぞ」

父親の顔をしたままの、その口から告げられる。

「どぅ、してぇっ……」

見慣れた笑顔からの最悪の通達に、地獄に突き落とされた面持ちで娘が呻《うめ》いた直後。

言葉通りに父のピストンが再開された。

「んッくぅんッ、はっあンンッやあああ」

父の胸板に押し潰された双乳が嘆きに包まれるも、すぐに切ない疼きが侵食する。

堪らず、映るすべてを拒むように千奈の瞳が閉じた。だがそのせいで身体に奔る快感を余計に意識することともなる。

両手とも間近の布団シーツを掴んで悦波に耐えようとするも、回転を速める父の腰遣いの前にはほとんど意味を成さなかった。

「お前はお父さんの孕み妻なんだからな」

娘の耳たぶを舐りつつ告げた成将。その滾りに滾った逸物が汁気たっぷりの膣内を突いては擦り、溢れる蜜を絡めて、また突いて。

その都度膣内に迸る強烈《きょうれつ》な悦の波に攫《さら》われそうになりながら、千奈は歯を噛み締めて抗った。

けれど、それも結局は徒労に終わる。

「可愛いのォ。ほれっ、ほれ！」

ペニスが打ちつける回を重ねるごとに、互いの分泌液が攪拌《かくはん》されたグチュグチュという音色が耳を犯す。攪拌液を絡めたことで父のペニスと膣壁とが吸着し、擦れ合う互いの形状と、熱と鼓動がつぶさに伝わってくる。

そんな状況に、感度抜群の女体は極端な反応を示さずにいられなかった。

「ひっ、ぁぐっ、～～～っ♥」

ペニスを押し出すのではなく、初めて自ら奥へと招くように蠢き、肉棒の幹を締め上げる。そうしてよりいっそうの摩擦悦を味わい、膣裏に溢れた恍惚の促すまま。娘の膣は間断ない収縮でもって父親のペニスをもてなしだす。

「おっ⁉　おぉ、そんなに締めつけてっ、千奈は本当に親孝行な子だっ」

「やあっ言わないでそんなっ、ことぉっあああっ」

応じてさらに回転を速めた父の腰。その暴力的なピストンにも、膣肉は蕩けを増し、嬉々と締めつけるばかりだった。

そしてついに、恐れていた結末が訪れる。

「そんな千奈へのご褒美だ。一発目の子種、たっぷり中に注いでやろうなぁ！」

ぶぐりと膨れた亀頭と、脈動を速めた肉棒の有様を、ぴったり吸着した膣肉が感知した矢先の、宣告だった。

「……っ⁉　やだっだめだよ、それは本当にだめぇっ！」

わかりきっていたことのはずなのに、いざ迫ると耐え難いほどの恐怖と拒否感情に襲われる。だが、慌てて父の身体を退《しりぞ》けようにも、九十キロ近い巨体は、悦に震える細腕でどうにかできる代物ではなく。

「ほれっ、いくぞっいくぞ！」

抱きついてきた巨体の重みに呻いた娘には、相手の背に両手をしがみつかせて耐えることしか許されなかった。

「父親の特濃精子で受精しろ！　子宮で全部受け止めるんだぞ！」

右手で娘の肩、左手で頭を押さえて逃げ場を奪った父がラストスパートを仕掛けた。

「あぐっ、やぁ♥　やめてっやめてぇっ」

膣洞の上壁を強く擦られたことで発生した熾烈な悦に、少女の心身が揺れる。父に思いとどまるよう訴える声も加速度的に艶を帯びてゆく。

（やぁぁ……今お腹の中でおちんちん、膨らんだ……出されちゃう。赤ちゃんの素、中で出されて、本当にお父さんとの子供できちゃうぅぅぅっ）

切迫する危機感情に反比例するがごとく、膣内の襞々がこぞって肉棒を舐り上げた。痛いほどに締めつく細道を掘り進んでいた逸物が、いよいよ最大限に膨張した瞬間。

「お父さん許して、お願いぃぃいっ」

少女は涙ながらに懇願し、同時に膣内に真新しい蜜を溢れさせた。

「ふぅ、ふううっ！」

この期に及んでもお父さんと呼ばれ背徳感を増した男の逸物が、雄々しい脈と共に蜜を掻き分けて突き上がり、膣の奥まった場所で白濁の種をぶち撒ける。

この日この時のために一週間禁欲した末の射精汁は、異様に濃く、放たれたそばから粘々と膣壁にへばりつく。

「うっ♥　あああああ……」

目一杯に腰を押しつけた父の重みに潰されそうになりながら呻いたその声は、なお艶を帯びていて——絶望の只中でまたも少女は己を嫌悪した。

（やぁぁぁ……中で、出てる。あったかいの、中に出ちゃってるよぉ……）

もう出さないでと願い慄く一方で、初めての受精に臨まんとしている女体は締めつけを緩めない。

父もまた膣の求めに応じて竿に残った最後の一滴まで注ぐ腹積もりを、その嬉々と緩んだ表情に滲ませていた。

「はぁ、あッ……あぁ……まだ出て、る、うぅっ、やっああぁ……」

怒涛《どとう》の如く雪崩《なだ》れこんだ種汁の重みを早くも腹に感じて、悔しさと恥ずかしさを覚えた千奈が涙溢れる瞳をよりきつく瞑った。そうすることで目尻からこぼれた涙は、種を出しきろうと成将が腰を揺するたびに、少女の頬を伝い落ちていく。

父の身体に圧迫される苦しさに喘ぐ中にあって、未だ体内に奔り続けている恍惚の波が、射精の勢いと同調したように弱まりゆく。絶望の只中にあって、それだけが救いだ。

去りゆく恍惚と入れ替わりに、蓄積した疲労が女体に重たくのし掛かる。あえなく疲労にも屈した女体は、今なお肉棒を絞ってやまない膣を除いて脱力した。

その矢先に、父の太い腕が二本とも少女の背に回る。

「まだだぞ千奈、一滴残らず注いでやるからな！」

「ひゃぅ!?」

吠えた父に背中と尻を抱き抱えられて起こされた女体は対面座位の体勢となって、引き続き、膣内に精を吐きつけるペニスの脈動を受け止める羽目となる。

「ほら、わかるか千奈。お前の卵子を孕ませたがってるお父さんの精子、元気よく飛びこんでいくぞォ……おっ、おおおお！」

二度、三度、四度――数えるのも馬鹿らしくなるくらい延々と脈打っては膣襞《ちつひだ》を揺すり、膣壁を白く染めゆく子種汁。正常位の時点でだいぶ弱まって感じられたそれが、体勢を変えた際の摩擦と、熱心な膣の締め上げによってわずかばかり勢いを取り戻していた。

「んぁ♥　はぁあっ、あぁ……」

注がれるたび、声の艶が増すのは、なぜか。たっぷり注がれた腹部が火照っているのは、なぜか。理由を考えることすら、疲弊した千奈には億劫《おっくう》で――。

「うっ、うぅぅ……」

涙だけが溢れ続ける。

絶望的な現実から逃避して、「この後のこと」を考えた。

(今日はもう、何も考えずに眠りたい。……でも、シャワーで汗……流さなきゃ)

父の目を掻い潜って膣内の種汁を洗い流すことは、果たして可能だろうか。答えを出しかねながら、父の上着の袖をぎゅっと掴んだ時。また膣内で射精の鼓動が響き、千奈の口唇から嘆きの涙声が吐き漏れる。

(あぁ、早く……早く、終わってぇ……)

帰宅後のすべてが夢であればいいのに。あり得ない願望にすがりながら長い射精の終わりを願う少女の心身にあって、ただ一か所。膣だけが種汁を悦び、とうとう最後の一滴が注ぎこまれるまで蠕動をやめなかった。

「……っふぅ。千奈、ありがとなぁ」

事後。全て出し終えたペニスを膣から引き抜いた男が、また父の顔に戻って娘の頭を撫であやす。

「はぁ、はぁ、あ、ぁ……」

平素であれば優しさを覚えるだけのその手つきにすら、性交直後の鋭敏な女体は感応し、再び布団へと預ける格好となった背と、投げ出した脚も無様《ぶざま》に震える。左右の乳首が歯痒く疼いては、千奈自身必死に整えようとしている息遣いに合わせて、やはり震えた。

「孕む気満々の千奈のま◯こに搾り取ってもらえて、父さん幸せだよ。これからも頼むな。な、千奈」

（孕む……。私……もう、お父さんとそうなるしか……ないの……？）

これからも頼む。悪夢の如き出来事は決して今日で終わりではないのだと念押す父に対し、恨みがましい目を向けるより先に諦めの意識が芽生えてしまう。そんな自分は確かにあの母の、諦めることで辛い人生を生き抜いてきた彼女の娘なのだと実感せずにいられない。

「ほら、ごらん。お前を女にした、ちんぽだ」

今また悪夢の象徴が――膣蜜に濡れ光る半萎えの肉砲身が、娘の鼻先へと突きつけられる。

それを拒む気概ももはやなく、顔を背けるのも億劫だ。なのに鼻先から吸った生臭い臭気にあてられた膣だけが性懲りもなく蠢いてしまう。無数の膣襞が各々、へばりついた精液を攪拌しては、増した粘り気に酔い痴れている。

「ふぁ、あぁあ……」

その恍惚に耐えるのに手一杯で、口蓋に突き入ってくる逸物を拒めなかった。

「明日からもコレが元気に使えるように、千奈のお口でしゃぶっておくれ」

(しなきゃ、きっとお父さんは許してくれないよね)

確信に近い想像が、及び腰の舌をせっつき。口づけた亀頭のヌルつきと、鼻腔に目一杯注がれる臭気——性交の残滓《ざんし》であるそれらが、乳首や膣の疼きを誘う。

(するしか、ないんだ……)

小便をする場所を舐めたり咥《くわ》えたりすることへの抵抗は根強いものの、一旦諦めた心は存外丈夫なものだ。

「う……んん……んっ」

意を決して半萎えペニスの尿道口へと吸いつく千奈は、舌に触れたヌルつきに眉をひそめ、落涙しながらも、父の指示に従った。

4

翌週の月曜日。

(……うん、大丈夫)

洗面所の鏡の前で自身の瞼が腫れてないのを確認した制服姿の千奈は、登校のために玄関へと歩みだす。

「……行ってきます」

空元気《から》に努めたはずが、自分でも驚くほど沈んだ声色になってしまい、「これじゃいけない」と反省した矢先。

「行ってらっしゃい」

追いかけるように玄関へ出てきた母の千草が、申し訳なさそうに、娘に負けず劣らず沈んだ声で告げた。その肩越しに、もう一人。家族二人に暗い顔をさせている元凶たる父の姿もあった。

「今日もまっすぐ帰ってきなさい」

朝から早くも辛抱堪らない様子で告げる父。ねっとりとギラつくその眼差しは、決して娘に向けていいものではない。妻や恋人、そういった対象に向けるべき眼差しで見つめてくる父に対し、強い拒否感が湧く。

昨晩も娘を犯し種付けを施しておきながら、もう欲望を滾らせているのか——呆れるほど貪欲だった父の昨晩の姿を思い出すにつけ、千奈の背に悪寒が奔り抜けた。

(……門の前では朋子ちゃんが待ってる。そこで、お父さんとのことを話しちゃえば)

きっと警察へ行くことになり、事は公《おおやけ》となる。そうなればもう父に犯されることもない。母と二人、どこか別のところで暮らすことにもなるだろう。

——たくさんの思い出が詰まった、幸せ一杯に過ごしたこの家を捨てることになる。

（……駄目。できない）

薄幸な幼少期を過ごしたのちに、ようやく手に入れた幸せの象徴である、屋敷と家族。記憶の中にある父と母の優しい笑顔。それがもう決して取り戻せぬものなのだとしても、自ら切り捨てることはどうしてもできなかった。

だから、朝も目が腫れてないことを確認した。いつも通りに学校で過ごすため、何度も鏡の前で表情の練習をしたのだ。

そしてその成果は、確かにあった。

「あ、おはよ、千奈」

「朋子ちゃん。おはよう」

思案の間も石畳を歩み続け、門の向こうから覗く親友の姿がとうとう視認できるまでに近づいた。週明けゆえに元気一杯の彼女に向けて、ニコッとごく自然に笑みかける。先週までと全く同じ素振りで小さく手を振って歩み寄ると、何一つ気づいた様子のない朋子が「じゃ、行こっか」と聞き慣れたフレーズを口にした。

肩を並べて通学路を歩みだしてすぐ、今朝も朋子のほうから話が振られる。

「ねぇ、聞いてよ。昨日の夜さ、うちのパパがさ……」

本当は、今は家族の話はしたくない。特に父親の話は、金土日と三日続いた淫行の記憶がいやが応でも脳裏を占めるから。

それでも事情を知らぬ朋子が楽しげに話す以上、いつも通りを装わないといけない。楽しいふりをして、父親に犯されたことなどないであろう多くの学友が歩む道を進まないといけない。自分一人が場違いであるように思える中そうすることは、ただでさえ傷だらけの心に過重な負担となるが、それでも。

(学校に居る間だけは、安全だから。学校に居れば、身も心も休まるはず)

まだいつもと変わらぬ時を過ごせる場所、学校。そこへ赴きさえすれば、今晩も行われる父との子作りに耐えるだけの心の保養はできると、信じていた。

「千奈は、この土日に家族でどっか出かけた？」

「ううん、ずっと家に居たよ。お父さんは……休日出勤で出てたけど」

――朋子ちゃん、ごめんなさい。

嘘をつく心苦しさに見舞われつつも、少しでも真実に近づかれぬよう努めることに腐心する。

「ふーん。そっかぁ」

特に気にした様子もない親友の姿に安堵して、前を向く。

「……今日は、暑いね」

五月だというのに、真夏を思わせる日差しが照りつけていた。それが肌にまだ残る父の手の感触を焼き払ってはくれぬものか。ありえぬ願いを抱いた千奈が思わずぼやくと、朋子が「まったくだよ〜」とわざとくたびれてみせる。

朋子と歩む通学路の空気も、目に映る景色も、すべてがいつも通り。

おかげで、心の底にコールタールのごとくこびりついていた淀みも幾ばくか払拭された気がして。

「……いつも、ありがとね」

気づけば礼を述べていた。

「へ？　きゅ、急に何よ、もォ。……あ！　あそこ、高橋君いるじゃん。おーい！」

照れ隠しに目を泳がせた親友が、前方十数メートルほどの道路向かいを歩いていた悠太を見つけ、手を振った。

気づいた悠太が、歩道橋を渡って駆けてくる。

「堀籠さん、おはよう！　春日部さんも」

「相変わらず呼び順が露骨ですなぁ」

ニマニマと口元を緩めてからかう朋子に対し、悠太はもう慣れたとばかりにスルーして、千奈ににこやかな笑みを振り向けた。

「高橋君、おはよう」

ごく自然に応じられた、また上手く笑えた、そんな気がして、密かに安堵する。

「その、夏休みのことだけど……楽しみだね」

（そうだ、夏休みになったら、高橋君と一緒にお出かけできる。海へ行ける）

その日を楽しみにすることで、父との性交の日々を耐え抜けるはずと、恋に高鳴る胸が鼓舞する。

一方で、その日までに、もしも父との子を孕んでいたら——最悪の未来予想図が、心の片隅に巣くっていた。

（……今は、嫌なことは考えない。だって隣に朋子ちゃんと高橋君。大切な友達と、大好きな人がいるんだもん。少しでも楽しく過ごして、それを支えに頑張るんだ）

父との性交を「頑張る」。それが適当な言い回しなのかわずかに悩んだものの。

「……うん。私も、楽しみにしてる。八月か……その頃には今よりもずっと暑くなってるのかなぁ……」

先週には随分近く思えた約束の日が、今は遠く感じられる。

それでも夢見るように告げた千奈の前向きな眼差しに朋子は口元を緩め、悠太は頬を染めるのだった。

5

〝日課〟は帰宅後すぐに催される決まりとなっている。

それは、千奈の処女喪失からちょうど一週間経った、五月の第二金曜日。五時限目が体育の授業だったことを理由に「する前に汗を流させて」と千奈が切に懇願した、この日も変わらなかった。

「お父さんっ、あっ、んぅっ、やっぱりシャワー……したいよぉ」

全裸で娘の部屋のベッドに寝転んだ父に向けて、涙声で改めて懇願する。

「いかんいかん！」

カッターシャツの前をはだけて下着を脱いだ、娘の艶姿《あですがた》。騎乗位で繋がるよう命じ従ったばかりの愛娘の豊かに実る生乳を見上げ、ほくそ笑みながら、父は懇願を一蹴した代わりだと言わんばかりに腰を突き上げてくる。

「ほら、わかるか。千奈の蒸れた汗の匂いで、ちんぽはガチガチだぞ」

「あはぁッあぁ！」

恥じ入り閉じたがる両膝を押さえられ、大きく股を開いた状態での結合を余儀なくされたせいか。それとも初体験の騎乗位のせいか。より深く肉棒が膣内に食いこむ感覚を得て、少女の背には早くも恍惚の痺れが奔っていた。

膝上丈の白タイツと制服スカートの間に覗く腿肉を折に触れて撫でる父の手つきは優しい反面、下から突き上げる腰遣いはネチネチと相変わらず、千奈の煩悶を煽るように執拗だ。

堪らず零れた声色は、たっぷりの艶を含有し、父のさらなる昂奮を誘う。

（や、だ。嫌、なのに、胸が、疼く。また身体、おかしくなっちゃってるぅっ）

腰遣い同様にねちっこい父の前戯が、今日はいつにも増してしつこかったことを思い出して、まだ彼の唾液に濡れ光ってる乳房がブルッと震える。それもじきに、下からの突き上げに合わせての弾みに転じた。

「や……♥　強すぎるよぉっ、それっ、だめっだめぇえっ」

処女を奪われた日から毎日続く父との性行為が、若く敏感な肉体を急速に開花させていく。

それに気づいていればこそ。そして、今も肉棒を締めつけて放さない膣襞の蠕動が、性的昂奮の賜物《たまもの》だと理解していればこそ、父の腰はより激しいピストンへと移行する。

「フンッ、フンフンッ、今日こそ千奈をイカせてやろうなぁっ」

父が数日前から口にしだした「イク」というのがどういうことなのか、ついこの間まで処女だった、自慰も未経験の千奈には知る由もなかったが――。

「お父さっ、やっあぁ、怖いっ、もっと気持ちよくなるの、怖いよぉぉっ」

すでに女体の内を巡り巡っている悦の痺れ。それの何倍もの快感に晒された結果、自身は今以上に狂わされてしまうのだ、との想像が恐怖を招く。

「大丈夫だ。父さんがついてるからなっ、安心してイっていいぞぉっ」

見慣れた笑顔で告げた父の両手。下から伸びてきたその逞しい手のひらに左右ぞれぞれの乳房が掬《すく》われ、優しく揉みこまれた。膣に轟く衝撃に比べれば蚊に刺されたほどにも感じぬはずのそれが、とっくに鋭敏状態の乳肉の奥へと甘露に染み渡り。

「ひひゃあぁぁぁぁ♥」

肉棒は絡む膣肉が驚くほどに熱く硬く漲《みなぎ》って、グリリと娘の膣裏辺りを突き捏ねる。

膣内の中でも特に感じやすい部分を執拗に責められるたびに、意識が喜悦に霞む。このさらに先に、「イク」というのがあるのだと想像すると、「自分を失くしてしまう」恐怖は天井知らずに高まった。

この恐怖は「これまでの自分であり続けたい」という点で、平穏な学校生活や母との関係を壊したくない気持ちと密接に絡み合ってもいる。薄幸な幼少期に由来する、そうした強い気持ちがあればこそ、今の今まで父の性技に喘がされはしても「イク」ことだけは踏みとどまってこられた。

(今日だっていつものように我慢、んっんんんあああっ、我慢、してるのにぃっ)

だが、娘の蒸れた体臭に父がひと際の昂奮を見せた今晩に限っては、勝手が違う。

「くふぅぅ、若い牝の濃縮した匂いっ、千奈、大事に育てた娘の匂いだっ、堪らん、堪らんぞ千奈ぁ！」

昨日までは確かにあった「娘の必死に踏みとどまらんとする姿」を楽しむ様子は消え失せ、牝を屈服させることに専念する一匹の牡の姿がそこにはあった。

「あはぁぁんっ、んっんんあああぁあっ！」

父が獣じみた牡なら、それに媚びるように喘いでしまっている自分はなんなのか。

獣欲に漲る肉棒を奥深く受け入れては、膣洞全体で締めつけ歓待してしまっている己の身体が恥ずかしくて堪らない。嫌で嫌で堪らないはずなのに――。

「強くしちゃ駄目なのぉっ、もうっ、もう凄いの来そうになってるからぁっ」

思わず声に出して訴えた。父がより滾ると知っていながら、声に出した。

認めたくはない。けれど認めざるを得ない身体の有様に辟易《へきえき》し、今晩もまたきつく閉じた瞼から涙が落ちる。

視覚を遮断した分、肉体の感度が増す。それは、「イク」に近づくこと。父の望みをまた一つ受け入れて、父の望む「孕み妻」へと近づくことに他ならない。

（わかってる。けど、あぁ、だけどぉおっ）

ズコズコと膣壁を掘る逸物のもたらす甘美な痺れが、平穏を望んでいた娘の心根にひびを入れ。

「いいぞ、そのまま受け入れてしまえっ、今日こそ一緒にイクぞ千奈！」

尖り勃って待っていた両乳首を同時に父の手指に引っ張られて、娘の口蓋が金切り声を上げる。

「いひゃっ、痛いっ、お父さんっ、やぁ、乱暴にしちゃやだぁぁっ」

痛みを訴える言葉は、嘘じゃない。けれどその痛みに倍する恍惚が、うねりとなって乳肌を逆流し、女体の芯を揺さぶった。

無様に引っ張られ伸びた自らの乳首を見下ろして、被虐にも襲われた心根のひびは、いよいよ取り返しのつかない大きな亀裂となり。

痛みではなく、身に迸る悦のうねりに抗う気持ちで、首を左右に振る。無論それで

くのを痛感する。

うねりが去るはずもなく。

六日間堪えた果てに暴発寸前となっていた、内なる欲望。どす黒くいやらしいソレが、乳首を摺り捏ねられるたび、父のピストンを浴びるたび、一足飛びに膨張していくのを痛感する。

内腿が情けなく震えだし、卑しい胸の高鳴りと、生殖本能に根差した膣の収縮が強まる中で、母と同じく心に飼い続ける「諦め」が駆け寄って来る。

「女学生汗だくま○こで孕め、今日こそ孕め！」

父が吠え、ペニスもまた膣内で雄々しき咆哮《ほうこう》を響かせた。ぶぐりと膨れたその先端が、より速く、より激しい往来を始めるに至り。この一週間で十何度と味わった射精の瞬間が間近に迫っているのだと気づいて、膣が目一杯引き攣る。

「ひやぁっ許してっ、許してお父さっあぐっうんんあぁっ！」

昨日までとは比べ物にならない、腰の芯と脳天に響く痺れの熾烈さに慄く一方。痺れと共に訪れた、蕩けるような甘美に、少女は誘蛾灯に惹きつけられる羽虫の如く引き寄せられていった。

背を反らし、サイドテールを振って感じ入る。父に表情を見られなくなったのをいいことに、眉尻は下がり、目元と口元がだらしなく緩む。

（ああ、私、今……きっとすごくはしたない顔しちゃってる……）

父が見れば、「嬉しそう」とも「安心してイク気になった」とも言っただろう。

「あぐっ、うぅ、怖いっ、怖いよぉっ、お父さんっ」

兎《と》にも角《かく》にも蕩け顔に他ならぬ表情で、改めて未経験の領域に達することへの恐怖を口にした。

「よしよし、父さんが手、繋いどいてやるからな」

そんな娘の両手指に、逞しい父の手指が絡みつく。左右とも指を絡め合う「恋人繋ぎ」となり、否応なく互いの汗ばみが、温みと共に伝わる。

――幼き日、父と手を繋いで行った遊園地や、キャンプ場。

不意に蘇った数多《あまた》の思い出が、巣くう怯えを束の間、忘れさせた。その結果――。

「ふぁっ、あ……っ⁉　あは、ああぁあっ」

恥ずかしがりのある地の性分を反映した小ぶりな振れ幅ながら、千奈自身も気づかぬうちに腰が左右にくねりだす。

ぎこちなくも健気な自発行動を披露するその様に、満面の笑みを浮かべた父。その表情以上に、膣内のペニスの反応は顕著だった。

摩擦に喘いだそばから、雄々しき脈動と共に喜悦の先走りを噴きつける。

浴びたそばから、嫁襞もこぞって舐りついていく。

喜びの連鎖が羞恥をはるかに上回った結果、牡の腰はより苛烈に転じ、牝の腰は与えられた刺激のすべてを受け止めては嬉々と引き攣った。

「おおっ、おぅっ、千奈っ、いいぞぉっ、その調子だ、母さんのよりずっときつくて気持ちいいぞォ！　お父さんを悦ばせてくれて本当にいい子だなぁ！」

膣の締まりを母と比較して褒めそやす父。そのあからさまで下劣な喜びようが、図らずもまた娘の女心と自尊心をくすぐり。

「お父、さぁんっ」

どこまでも愛情に飢えた、そして父相手に「女」を見せてしまっている己の有様が哀しい。涙こぼす童顔を隠す先が、その父の胸板しかない状況がなおさら哀しい。

ベッドに仰向けの父に身体を預け抱きつく形となったことで、尖り勃ちっぱなしの両乳首が分厚い胸板に潰れて擦れ、それで、またいっそうの歓喜を孕んだ腰が独りでにくねりゆく。

父は握り絡める指に熱をこめ、滾りに滾った逸物が膣の上壁を強《したた》かに繰り返し擦り扱くたび、親子の吐息が互いの肌をくすぐった。

「千奈、イクぞ……一緒にイクぞいいなッ！」

（イク……私、お父さんと……一緒。一緒に……！）

幼き日の記憶に未だ引きずられている心根には「父が一緒に行ってくれる」という説明が、あまりにもすんなりと溶けこんだ。

すでに明け渡してしまっている肉体に続いて心も許したことで、憂いのなくなった膣内に大量の蜜汁が溢れだす。

そのぬかるみを掻き分け掘り進んだ逸物が、いよいよ限界を訴えて嘶《いなな》きだしたのを察知して、自ずと膣襞が亀頭に舐りつく。同時に、膣洞全体がきつく収縮した。

「おぉ、イクッ、イクぞ娘の膣にっ……今日も一番汁たんまりと注いでやるッ！」

言葉通りパンパンに張り詰めた肉砲身が、毎度の指定位置——子宮間近のところまで到達した瞬間、

「お父さっ、ああ、ひっ、なにか、なにか凄いのくるよぉっ！」

到来した過去最大の大波の予感。それに対する怯えは、しがみつく父の胸板と、繋ぎっぱなしの手が相殺してくれる。

ひたすらに嬉々と締めついた膣洞に絞られて、ほんのわずか早く父が限界を迎えた。

「孕め！　イキながら孕め！」

ドクドクと、猛々しい脈動を響かせて肉棒が種汁を射出する。

濃厚な粘り気と、怒涛の勢いを備えた一番汁が、瞬く間に膣内に溢れ返ってゆく。

そのどれもが、昨日までと同じはずなのに――。

「はぁあああッ、あああッッ!!」

少女は、意識が途切れかかるほど熾烈な恍惚に見舞われる。

目前に迫っていた悦の大波が、膣内射精という生物の本懐を受けて、爆発したのだと、父の胸で惚《ほう》け、掠れた嬌声を吐き出しながら理解した。

「おぉっ、おぅッ！　そうだ、そのまま、ちんぽの中にある精子も搾り取るようにだ、千奈！　千奈ぁっ」

繰り返し名を呼ぶ父の手が、娘の双臀を掴んで放さず。腰を押しこみ、初絶頂に咽ぶ膣の収縮を楽しんでは、白濁の子種汁を射出する。

「ひあっ！　あっ！　やぁぁ、またっまたイクぅぅっ」

ヌルヌルの子種を噴きつける肉棒の鼓動を余さず受け止めて、嬉々と痺れた膣壁が痙攣《けいれん》し、それでまた肉棒が精を噴き、擦られた膣襞が喜悦の蜜を漏らす。

「あぁ、お前は最高の孕み妻だ……！」

褒めそやした父の右手が、娘の頭を撫でさすり、それでまた。

「ひぁっあああ……！」

喜びに、悦びを後押しされた娘の心と身体が陥落する。

溢れ返る数多の感情を処理しきれぬまま、スリスリと父の胸板に鼻先を擦りつければ、自然と乳首も擦れ、今度は乳内に至福の痺れが到来した。

(胸でもイっ……ちゃった。もう、身体のどこもかしこも感じすぎて……)

呼吸する際のわずかな摩擦ですら再絶頂に及びかねない。けれど初めての至福に酔い痴れる肉体には力が入らず、父から離れたり上体を起こすことも叶わない。

どの道、父の胸で思う存分、哭《な》くしかないのだ——。

また一つ諦めたことで心が軽くなった気がして、再び。

「ふぁあっ、ああ、イクぅうっ」

折しも父が肉棒に残る最後のひと搾りを注ぎこんだ矢先に、千奈はギュッと抱きつき、膣と乳両方に迸る悦波を甘受した。

目を剥き、よだれをこぼしながら発した牝の震え声は、牡の情欲をこの上なく煽り、出しきったはずの肉棒をなおも脈打たせる。

それからしばらくの間。抱き締め合った状態で、互いの汁でドロドロの性器が織りなす絶頂の余韻を味わった。

やがて先に息を落ち着けた父が、上に乗る娘の身体ごと起き上がると、

「……っふぅ。おっと、溢れてきおった」

ぐったりする娘の半裸をベッドに仰向けに寝かせ、腰を引いてペニスを抜き去った。ペニスが引き抜けてもその形にぽっかり開いた状態のままの膣穴からは、ゴポッと音がしそうな勢いで種汁がこぼれ出す。

「ぁあ、はぁ……や、ぁぁあ……」

千奈は連続絶頂の熾烈さに加えて、ペニスが抜ける際の摩擦にも酔わされた結果、息は絶え絶え、目の焦点も定まらぬ失神寸前の状態に追いこまれていた。

大股に開いた脚の姿勢を正す余力もなく、ただ、喘ぎとも呻きともつかぬ響きを吐き出しては下腹部を波打たせ、それにより膣口からまた精子がひり落とされる。

「ああ勿体《もったい》ない。こりゃ、今日はまだまだ教えてやらんといかんな」

ぼやきつつも嬉しげな父の声の響きが、やけに遠く聞こえる――。千奈が涙溢れる視界を重たげに閉じた直後。処女喪失した日にも勝る猛烈な疲労が、脱力感と眠気という形で襲い来る。

「千奈？　……聞こえとらんな。起きたらまたしっかり種付けしてやるからな」

父の声はやっぱり嬉しそうだ。そう思ったのちに、千奈は意識を手放した。

初絶頂に疲弊した千奈が半時間の休眠を経て目覚めると、父は宣告通り再度の性交を要求した。

白い膝上丈タイツを残して素っ裸となった娘が指示に従い、脚を閉じた状態でベッドにうつ伏せとなると、

「よしよし、イク感覚を忘れんうちに復習しとこうな」

言うが早いか、すでに勃起状態を取り戻し隆々と反る剥き出しの逸物を背後から膣穴へと突き入れてゆく。

「んあぁ♥」

一日に二度の挿入は初めてのこと。加えて父にしては珍しく前戯も行わなかったというのに、前回の挿入時よりもずっと容易《ようい》に、膣洞は逸物を受け入れた。

この先に待っている快感を身を以て知る女体が、独りでに高揚し、膣内を濡らしていたからだ。湿った膣壁を肉棒に掻き分けられ、嬌声を吐き出しながら否応なしに理解する。

「どうだ、脚を閉じてる分、ま○ことちんぽが擦れるのがよくわかるだろうっ」

父の言うとおり、脚を閉じた状態でいることで、膣内の摩擦がより峻烈に伝わり、早くも千奈の背には喜悦の波が奔っている。

（ああ、本当によくわかっちゃう……。お父さんのおちんちんが私の中で暴れてるの。擦られて私の中がうねって、ジュワってお汁が染み出てくるのも、全部、全部うぅ）

「それに、どうだっ、こうやって、ふんっふん！　腰を打ちつけてやればッ！」

ハンマーの如く振り下ろされる父の腰に打ち据えられるたび、尻の肉がたわむ。平手で尻をぶたれるよりもずっと苛烈な衝撃を浴びているのに、すでに蜜で潤う膣内は強まる一方の摩擦悦を、肉棒ごと嬉々と抱き締めていた。

寝起きから一気に覚醒させられた女性器だけではない。父のピストンに合わせて上下する女体の胸元、押しつけたベッドシーツとその都度擦れる乳首もまた、抗いがたい恍惚の疼きにまみれている。

「ああッ、うぅッ、やあっ、激しっぃよぉおっ」

辛いのではない。激しすぎて、すぐにイってしまう——そんな窮状を訴える涙声。

言葉足らずであるにもかかわらず父は娘の意思を正確に理解して、打ち付ける腰をトップスピードに乗せた。

「偉いぞ千奈！　お前はっ、最高のコキ穴嫁だな！」

正常位よりも、今日覚えたばかりの騎乗位よりも力強いピストンに捲《まく》り上げられては、喜悦に痺れた膣襞が蜜を吐き出した。

「お父さっ、はひっいいぃぃいいっ♥」

　千奈の背に奔る悦波が臨界へと向かう中、閉じっぱなしの足のつま先がピンと反る。両手できつくシーツを掴みもした少女は、迫る再絶頂を察すればこそ、切羽詰まった要請をせざるを得なかった。

「早くっ、早く出してぇっ」

　初めてのまぐわいから一週間にしての、種付け懇願だ。

　決して、父の子を孕みたくなったわけではない。

（一緒にイかないと、またセックスされる。こんなの何回も……ずっとされたら身体だけじゃなく頭までおかしくなっちゃう！）

　一刻も早く解放されたい思いで——その内にわずかばかりの、絶頂への期待を滲ませ、初めて声に出して父の種付けを希《こいねが》う。

「出してやるともっ、たっぷりと種を注いでやるぞォッ、千奈！」

　吠えて盛る牡の一撃一撃が、バスッバスッと響いては娘の尻肉を打ち据えた。瞬く間に赤みを増す尻たぶのジンとした痺れと、カリ首によって蜜を掻き出されるたび高まる膣内の痺悦。

「ふぐっうあっあはぁぁぁっ、イクぅぅっ」

二つに煽られた女体が自ずと乳房を目一杯シーツに押しつけて擦り立てる。

背筋と乳首に奔る痺れも合わせ四つが結託して、覚えたての至高へと一足飛びに駆け上ってゆく。「イク」――あえて口にしたことで、より意識づけられたその時が迫る中、亀頭が膨れる。もはや馴染みの感覚を膣襞が察知し、抱き締める。

「おぉおッ!!」

「ひぐっ！　んぉぉ♥　あ――――ッッ!!」

父の野太く短い雄叫びと、娘の長く伸びる甘い断末魔とが連なって、同時に果てた男女の身が揃って震えた。

娘の腰の上に己が腰を押しつけて、父が種汁を注ぎこむ。彼の口端から垂れた喜びのよだれが、背にぽたぽたと滴るたび娘はその背中と、膣洞を同時に震わせ、至悦に溺れた。

「おぅッ。ははッ、まだまだ出るぞぉっ」

ぐいぐいと押しつけられる父の腰が、相も変わらず粘りの強い種汁を撃ち出して、浴びるたび膣洞がギチギチと締めつく。そうしてまた精を搾り取られた肉棒が、自ら亀頭へ吸引を請うように膣壁へと突進し。

「はぁぐッ、やはぁぁ、またっあああっ」

早々にぶり返した絶頂の大波に攫われて、千奈は上に乗る父の重みすら心地よく思わされながら四肢を突っ張った。

「千奈。儂の自慢の娘……」

徐々に射精の勢いが弱まる頃、娘の汗ばんだうなじへと口づけた父が呟く。うっとりとしたその口ぶりが、娘の心根をまたもくすぐり、嬉々と膣洞が肉棒を舐め締める。

「はぁんっ、あっ、あぁぁ……」

竿に残った分まできっちり吐き出さんとする逸物が、小刻みに膣壁に擦りつき、枕に口元を押しつけてもなお隠しきれない媚び媚びの響きが父の耳へと届けられた。

「イクのを覚えたら、どんどん気持ちよく楽しめるようになるぞぉ千奈」

お返しの耳打ちは、熱い吐息と共に訪れる。

「ふゃあっ」

おまけに耳たぶを甘噛《あまが》みされ、収束に向かいつつあった悦波が再びゾクリと女芯を穿《うが》つ。

「千奈がイケるようになるまではと、父さん、昨日までは色々セーブしてたんだぞ」

次いで届いたのは衝撃的な、けれど今日与えられたものを思えば納得のいく言葉。

（そう、だったんだ。これまでお父さん、手加減して……それでも私は、あんなに）

昨日までの抵抗があまりに滑稽に思え、千奈自身も気づかぬうちに、困ったような、仕方ないと諦めるような、何とも曖昧な表情が張りついた。

父が目に留めれば「母親にそっくりだ」と告げただろうそれは、枕に押しつけられていて結局誰の目に触れることもなく。

「ちょうど明日は土曜で学校も休みだし、朝から一日中ハメ倒すぞ。日曜日もな。孕んだ後もお互いが楽しめるよう、がっつり仕込んでやる」

(イクことを覚えちゃったから……もう、逃げられないんだ私)

また一つ諦めた少女が、明日からも続く悦の日々を思って程なく涙をこぼし、それを堪えようと口元を結んだことで、母似の表情は崩れたのだった。

第二章　僕の想い人は父親に種付けされている

1

　雨続きでジメジメとした湿度の高い毎日を送る中、ようやく訪れた快晴の一日。からりと乾いた空気と強い日照りが初夏の到来を感じさせた、六月一日月曜日の朝。

　登校した悠太は、早速千奈のクラスに顔を出そうと廊下を歩いていた。

「高橋君」

「あ、春日部さん、おはよう」

　目的地の方向からやってきた朋子に声をかけられ、立ち止まって挨拶をする。それから、彼女の隣にいるはずの人物の姿が今日もないことに、密かに落胆した。

「堀籠さんは今日も休み？」

「そ。病欠」

　悠太が千奈の病状を知りたくてやってきたのだと理解すればこそあっさり告げた朋子だったが、その表情の曇りぶりが親友を案じていることを物語る。

「今日でもう一週間だよ？　電話で聞いても、まだちょっと具合が悪いとしか言わなくて。見舞いに行こうかって言ったら『本当に大したことないから。わざわざ来てもらうの悪いよ』って言うのよ。……まぁ、気を遣う千奈らしいけどさ」

顔を見て直接無事を確かめたいのに――。

若干拗《す》ねた様子の朋子の顔にそう書いてある気がして、悠太は苦笑する。

その一方で、

(春日部さんは部活が忙しい時期だから。やっぱり気遣ったんだろうな、堀籠さん)

千奈のどこか儚げだった笑顔。先月、夏休みの約束を交わした際に目にしたそれが思い出されて、恋しさが募る。

(早く会いたい。その気持ちは僕だって同じだ)

なにせ一年越しの想いを寄せている相手なのだから。案ずる気持ちも親友である朋子に決して劣らないとの自負があった。

「せめてひと目、顔を見れたら安心できるのにね」

むくれる朋子をなだめるために発したはずの台詞が、そっくりそのまま自身にも当てはまることに気づき、改めて千奈への思慕の深さを認識させられる。

そしてどうやら、そうした胸中は傍目《はため》にもバレバレだったらしい。

「……千奈の家の住所教えるからさ。見舞い、行ったげなよ」

なだめられる側から一転、恋愛沙汰好きの年頃女子らしいニマニマ笑いを浮かべた朋子が提言した。

「えっ、いや、でも春日部さんには来なくていいって言ったんでしょ。だったら」

自分が行っても、やはり気を遣うのではないか。そう続けようとした悠太を遮って。

「千奈の気持ちは薄々気づいてるでしょ。なら押せ押せで行かなきゃ。あの子も奥手だからさ。そこは、男の子のほうから頑張ってあげてよ」

親友の初恋をアシストしたい気持ちも確かにある一方で、事がどう転ぶか興味深々な彼女の口元は相変わらずニマニマと緩んでいた。

(うーん。乗せられちゃって、いいものだろうか)

ためらう悠太だったが、これは千奈に会うまたとない機会でもある。仮に面会できずとも、声だけでも聞けたらいい。千奈と親交を深めて、一日でも早く恋人になりたいと思っているのも事実。

断る理由は、何一つない。

「……そうだね、じゃあ、今日の放課後行ってみる」

「いいね、青春だねぇ」

まるで今日告白するのではと思うほど意気ごむ悠太を見て、朋子の口元のニマニマ笑いはいっそう酷くなるのだった。

2

(初めて、堀籠さんの家へ行く)

緊張と期待に包まれ過ごした時間は異様に早く過ぎ去って、あっという間に訪れた放課後。部活動に所属していない悠太は足早に、朋子に教えられた住所を目指した。

そうして二十分足らずで到着した目的地。

「……ここ……が、本当に?」

人が六、七人は並んで通れそうな巨大な門を正面に見据えて、悠太は驚きに目を剥いた。

開放された状態の門からは、広大な土地と、立派な和風建築の母屋の一部が覗いてもいる。

(いかにも「お屋敷」って感じの建物だ。ここいらにもあったんだな、こういう家。しかも、それが堀籠さんの家だなんて)

驚きの連続だ。

単身で初来訪した身が委縮していない、と言えば嘘になる。

しかし、ここでこうしていても始まらない。

何より、緊張こそすれど、千奈の体調を案ずる気持ちは少しも揺らいでいなかった。

「……よし」

唾を飲むことで緊張をほぐそうと努めつつ、意を決して一歩、また一歩と足を進め、門にあるインターホンへと手を伸ばす。

寸前に一度深呼吸をしてから、グッと呼び出しボタンを押した。

「すー、はー……」

ピンポーンというお決まりの音が鳴り、確かにそれが機能していることを伝えるものの、いくら待っても応答はない。

(留守なのか?)

これほどの規模の屋敷なら家政婦の一人くらい常駐していそうなものだが、なんてありきたりの想像を膨らませつつ。

「勝手に入るわけには、いかないよな」

開放されている門に改めて目を向け、どうしたものかと思案する。

まさに、その時。

「はぁんッ♥」

甘く蕩けた声の響き、それが、屋敷のほうから風に乗って、悠太の耳にも届いた。

自宅の家族共用のパソコンで、深夜にこっそり視聴したポルノ映像の中で女優が発していた嬌声と限りなくよく似た、艶めいた響き。

けれど、その声の主は――、

「堀籠、さん……？」

この一週間ずっと聞きたかった声だ。間違えるはずもない。

千奈の声だと確信した途端、ポルノ女優の嬌声に似た、という部分は悠太の思考から除外された。

自身が恋する相手である彼女は、性的な事象とは全く無縁。野に咲く花のように純朴な女の子。そんな印象を勝手に抱いていたせいだ。

(留守じゃない。堀籠さんが居た。体調が悪いのに、ここまで聞こえる大声を出して……何か、あったんだろうか)

逸る心が、躊躇《ためら》う足を前に進ませる。気づけば敷地内の庭園に踏み入り、草木の間から母屋の縁側が正面に覗ける場所まで来てしまっていた。

「や、ぁ……恥ずかしいよぉお父さん……」

また声が聞こえた方向に、悠太が顔を振り向ける。

「……ッッ‼」

悠太の視線の先には、確かに目当ての人物——堀籠千奈の姿があった。だがその彼女のあり得ない姿に、悠太は身を強張らせた。心臓を圧迫されているような息苦しさと、早鐘の如く鳴る鼓動にも苛まれる中、一旦瞼を閉じて深呼吸をする。

見間違いであってくれと願いながら瞼を持ち上げ、改めて木の陰から目を凝らした、その先に——。

「ほら、もっとだ。千奈。ちゃんと股を開きなさい」

広い母屋の一室。障子戸を開け放しているせいで、悠太の位置からも内部が丸見えのその畳敷きの室内で、制服姿の千奈が腰を落として脚をがに股に開かされている。

制服姿で相撲の蹲踞《そんきょ》にも似た姿勢をとる様は、位置的に後ろ姿しか視認できない悠太の目にも酷く無様に映った。

（堀籠さん。どうしてあんなことっ）

想い人である彼女の惨状を目の当たりにして、先ほどまでの「声だけでも聞けたら」なんて仄かな期待は霧散し、ただただ心が痛む。

千奈の向かい側には、もう一人。先ほど千奈に「お父さん」と呼ばれた大柄で禿頭の壮年男性が、畳の上に胡坐《あぐら》をかいて座っていた。

ニヤっといやらしい笑みを浮かべたその男の目線は、娘の股間へ——服装と姿勢からして丸見えになっているであろうショーツへと注いでいるように、遠目で窺う悠太には捉えられた。

(変態の父親に命令されて、無理矢理にあんなポーズをさせられてるのか⁉)

父親の先の物言いが高圧的な命令口調だったこともあり、その解釈には無理がないように思える。悲痛に代わって悠太の胸に湧き出した怒りが、握り拳を作らせた。

「まんすじくっきりのパンティが丸見えだ。いい眺めだぞ、千奈」

下卑た男の声がまた届き。

(このっ……‼)

純朴な千奈の羞恥ぶり、嘆きぶりを想像させられたことで、悠太が潜む庭園の木の陰から飛び出さんとした——その矢先。

「せっかく着替えさせてやったのに、もう濡れ始めとる」

「ちがっ、違うよォ」

父親の口が発した信じられない内容を即時否定する千奈の声が、悠太の耳にも届く。

だがその響きは、門のところで聞いたのと同じ艶と媚を多分に含んでいて、とても嫌がっているようには聞こえなかった。

(嫌がってない……？　いや、そんなわけない。こんな酷い目にあってるんだぞ⁉)

悠太が心の内で問答をする間、飛び出しかけていたその足は踏ん張り、その場に留まる。

「まん肉にパンティをこんなに吸いつけて。説得力が無かろうが！」

そのわずかな間隙を縫うように、怒鳴り、千奈の父の太い腕が娘を押し倒した。千奈が縁側に頭を向ける形で仰向けに倒れたのに乗じて、制服のスカートが捲れ上がる。

(……ッ！　堀籠さんの、パッ……ンツ……！)

ついに悠太の目にも桃色のショーツが露わとなった。恥丘のこんもりと盛り上がる様が、秘部を隠すにはあまりに心許ないその薄布ぶりを際立たせている。むっちりと這った片思い相手の太ももの肉付きの良さも目を惹いて、悠太は息を呑み、それから自身の荒い息遣いに気づき、慌てて千奈から目を背けた。

一方、千奈の父は我が物顔で、娘の性器を覆う股布へと鼻先を埋める。

「やっあはぁぁっ」

父親の鼻梁《びりょう》に股間を刺激されて背を震わせる千奈。それと同時に響いた喘ぎ声は、またも艶めきを帯びていて、困ったような、それでいてうっとりと目を細めた彼女の表情からも拒絶の意思は微塵《みじん》も見受けられない。

「うそ、だ……」

目と耳で改めて察した千奈の、現状を許容する姿勢。それを信じたくないばかりに、悠太が握り拳に力をこめ、不法侵入の身であるのも忘れて嘆きの声を漏らした。

だが、悠太の短い嗚咽が母屋の二人に届くことはなく。

「すぅ……っ。ふふ、ほれ見たことか、牝臭がムンムンしとるぞぉ」

千奈の父は思う存分鼻を鳴らし、千奈はそのたびに身を震わせている。

「んッ、あぁ、嗅いじゃやっ、あぁっはっあぁぁ……」

股の匂いを嗅がれて羞恥を覚えているのは、耳まで真っ赤になっていることからも明らかだ。だのに、目元はなおさら蕩け、緩んだ口元からは己が指を噛んでなお押し殺しきれなかった嬌声が止め処もなく湧きだしている。

悦んでいるとしか思えない想い人の有様に愕然《がくぜん》とし、動けずにいる悠太。その脳裏では、今まさに目撃中の淫猥《いんわい》な光景と、日々見てきた純朴な千奈とがどうしても重ならず、混乱が増すばかりだった。

(堀籠さんが、あの純粋な子が……父親に股を嗅がれて、悦んでる⁉　……あり得ない。そんなこと、あるもんか！）

卑しい想像を首を振って追い出すことで、混乱に無理矢理決着をつける。そうして今度こそ助けに行こうと足に体重を乗せた。

その矢先にまたしても、母屋内で大きな動きがある。

「嘘つきにはお仕置きだ。さぁ、着てるもの全部脱いで。ああいや、ソックスだけはいつも通り穿いたままでな。それから、お父さんの前で四つん這いになりなさい」

再び高圧的な命令口調で破廉恥な指示を飛ばす父親。その悪辣な表情は、遠目に見ても吐き気を催すほどだ。

「……は、ぃ……」

なのに、のろのろと身を起こしながら許諾した千奈の表情には、相変わらず嫌悪感は微塵も見受けられない。うっとり惚けた表情で胸元に手を置く姿は、期待に高鳴っているようにすら見えた。

そんな悠太の想像を裏づけるように、すぐさま千奈の父の言葉が飛んでくる。

「期待してるのか。そりゃそうか。毎晩たっぷりねぶってやって、感じる所も全部父さんに筒抜けだからな。また千奈の好きな舐め方でおま○こぐちょ濡れにしてやるぞ」

（毎、晩……毎日、舐められてた……。学校を休んでる間もずっとこんな、こんなことを、父親にされてっ……！）

千奈の父の告げた「毎晩」というフレーズが、いやが上にも若い男子の想像を掻き立てる。

（止めに入らなきゃ。そうしないと、このままじゃ堀籠さんが父親にっ）

禿頭の肥えた男に組み敷かれて犯される想い人の姿が脳裏に浮かんで危機感を煽り、即時行動を強く促す。

だがいざ駆けようとすると、制服のズボンの内側からむくりと起き上がった男根が、卑しく疼き、堪らず身じろいだ。

「ぁく……！」

股間の疼きに耐えるため内股となって、それでも足を前に進めようと思った時にはもう、和室内の千奈が衣服を脱ぎ始めていて——その艶めかしさに目を奪われた。

やはり外が気になるからか再び縁側に背を向けて、千奈はカッターシャツのボタンを一つ一つ外していった。ボタンを外し終えると、カッターシャツの前のはだけた布地がはらりと彼女の両脇に垂れる。

（シャツ、脱げたら……ブラジャーが見えっ……）

てっきり千奈はそのまま、まずはシャツを脱ぐものだと思った。そうして、見てはいけないという想いと、見たいという欲望とが童貞男子の胸中でせめぎ合う。生唾を呑んだ音、己が喉の鳴らした卑しいその響きを恥じながら、悠太は逡巡《しゅうじゅん》ののちに目を背けかける。

だが——それよりも早く。千奈は、自らの背とシャツの間に右手を入れ、器用にブラジャーのホックを外した。そのブラジャーが音もなく畳の上に落ちた瞬間。

(女の子のブラジャーって、あんなに)

予想外の軽い印象に、目を見張る。そして、裏側を上に向けて畳に在る、それ。そのカップ部分にはきっと、想い人の温みと匂いが染みついているのだと——想像するだけでまた、悠太の股間が甘く疼いた。

相も変わらず背を向けられているせいで、彼女の表情を悠太が知ることは叶わない。同時に、背を向けた彼女がシャツより先にブラジャーを外したために、その豊かに実った乳房の一かけらすら、悠太は視認することができなかった。

「乳首をビンビンに勃たせて。いやらしい子だ、千奈は」

嬉々とほざいた彼女の父が、何の遠慮もなく娘の豊乳の丸みを撫で、揉み解し。

「ひっ！　やっあはぁぁぁ……そんな強く引っ張ったら、ぁぁぁっ取れちゃう、あくっ!!　うぁっあぁぁンッ」

あまつさえ勃起しているという乳首を摘まみ、引っ張っては甘露な喘ぎを吐き出させているというのに。

（くそっ！　こっちからは何にも見えない。なにしてるんだ。どんな酷い手口で、堀籠さんを虐めてるんだ……！）

視認できない分、妄想が深刻化する。巧みに娘の性感を煽る親の手口に憤慨するも、嬌声から想像される千奈の表情──悠太の脳裏に浮かんだそれは、童貞の性欲をこの上なく刺激する淫靡《いんび》な蕩けぶりで。

「はぁ、ッ、ぁあ……！」

一気に勢いづいた股間の滾り。それに伴い不規則なタイミングで繰り返し撃ち出される恍惚の疼きに、悠太の動きは著しく阻害された。

（どうして、いつから父親とこんなこと……）

望んで関係を持ったのか。それとも無理矢理にか。後者であるならば相談して欲しかったと思う反面、千奈の性格を思えば土台無理な話とも思う。

（好きなのに。毎日顔を合わせて、言葉も交わしてたのに。僕は……何一つ気づけなかった……）

悔しさから唇を噛む。そうした心情であっても、ついにカッターシャツを脱いで露わとなった千奈の背中には惹きつけられた。なめらかで、きめ細かな肌色に、玉の汗が一滴、垂れ伝う。それがまた臨場感を醸し、若い男子の意識を釘づけにする。

先だって期待した想い人の乳房については、シャツを脱いだあと彼女が腕を下ろすまでの数秒間だけ、その腋の下から覗き見ることができた。

瞬き二つほどの短い時間のことではあったが、柔らかで丸い豊かな膨らみの魅力に、童貞の心はおおいに掻き乱され、股間はいっそう硬く張り詰めた。

スカートの中から千奈自身の手で引き下ろされたショーツ。その股布部分が濃い染みになっているのが、遠く離れた悠太の目にも見て取れた。それがさらに追い打ちをかけ、悠太の股間に迸る疼きは腰を蕩かせ続けた。

(股を嗅がれただけであんなに濡らして……？　いや、そうじゃない。きっと、あの男の唾液か何かが染みて、ただそれだけのことだっ……)

恋心ゆえの儚い望みを打ち砕くように、千奈の制服スカートの内側から、糸を引いて蜜が垂れ下がる。それは先ほどまで覆っていたショーツの股布を追いかけるように真っすぐ滴り、ポタリ。糸が切れたように落下して、答え合わせとでも言うように股布の染み部分へと着弾する。

「や、ぁぁ……」

内股になって羞恥する千奈の膝が震えている。それすらいやらしく思えるのは、彼女の発した嬌声があまりに艶めかしかったせいだ。未だスカートに隠れている想い人の股間。先ほど視認した恥丘のさらに下の部分や、スカートの上から腰つきを見ても想像に難くないむっちり張ったヒップ。それらが恍惚に火照っている様を想像するだけで、悠太の股間は滾り、この場から飛び出すことを執拗に妨害した。

「今日も身体中、たっぷり可愛がってやるからな」

「やっ、お尻そんな揉みくちゃにしたら、あぁ、だめぇ♥」

どう居場所を見繕っても千奈の背中側からしか窺えぬ不法侵入者と違い、真正面で生乳を拝んでいる彼女の父親。それに飽き足らず、スカートの中に両手を入れて娘のむっちりと肉の詰まったヒップを鷲掴みにし、好き放題に撫でまわしてもいる。

千奈のほうも、口ほどには嫌がっていないように、悠太の目には見て取れた。

二人の口ぶりや挙動から漏れ伝わる親密さは、とうに親子の範疇を超えている。反面、親子なればこその気を許している素振りが千奈の挙動の端々に見え、悠太の内に苛立《いらだ》ちが募る。

(堀籠さんの、おっぱいと性器。あの父親からは丸見えなんだ。アイツが、誰よりも先に見て、味わってしまったんだ)

それはもはや取り返しのつかないことだ。ただただ悠太の喪失感と嫉妬を煽る。

（今だって……乳首もお尻も、股座も好きに触れる。アイツだけが……！）

一方で今まさに飛び出せば手の届く場所で行われている行為については、まだ奪い返せる可能性がある。

けれど、覗き見て得た昂奮で股間を硬くして、内股で立っているのがやっとの自分にそれができるとは思えない。情けのない現状に、悠太はただ歯噛みすることしかできなかった。

嫉妬を禁じ得ない童貞が覗き見ていることなど知る由もない千奈は、いよいよ制服のスカートも脱ぎ落とし、父親の指示通りソックスだけ残したほぼ裸の状態を晒してしまった。

四つん這い姿勢となった彼女の丸出しの股間が、図らずも縁側へと向き。

（……ッッ!!　堀籠さんのアソコが……見え……あぁ、あああッッ！）

今しがた妄想したものをはるかに上回る魅惑の光景に、悠太が思わず固唾を呑み、目を細め見入った矢先。

千奈の父の太い手指が娘の左尻肉を掴んだ。

「ふふ……」

父親はまるで庭園の陰に潜む存在に気づいているかのように視線を送ってから、娘の尻肉を脇に引っ張ることで、女性器内部の桜色の粘膜を晒してみせる。

(気づかれてる⁉)

予想外のことに身を硬直させた悠太が、ハッとした時にはもう――。

「今日もたっぷり、ぐちょ舐めしてやろうなぁ」

「ひゃっあぁ♥」

禿男の舌が、たった今悠太も直視した膣粘膜を舐り上げ、千奈の口からは甘ったるい嬌声が吐き漏れていた。

背中側しか覗けない悠太に彼女の表情は窺うことはできないが、引っきりなしに響く喘ぎ声が如実に物語っている。

(夏休み。一緒に海に行って、もし告白してOKをもらえたら……千奈ちゃん、って名前で呼べるようになるかな、って思ってたんだ)

しかしその子は今、別の男に喘がされている。昨日も一昨日も、童貞男子が恋焦がれている間ずっと、その男に甘美な鳴き声を上げさせられていたのだ。

「吸ってやると、すぐに穴が舌に吸いついてきおる」

「んはっ♥　ふぅ、んっ、くぅ……うぅんっ」

父親の舌に陰唇をめくられて、桜色の粘膜から染み出す蜜を啜られるたび、まるで尻尾を振って喜ぶ犬みたいな鳴き声を発している。

父親の顔に自ずと押しつけた牝尻がフリフリと焦れたように揺らぐ様が、なおいっそう「主人に媚びる飼い犬」を思わせる。

「ほぉら千奈の中に、お父さんの舌が入ってくぞぉ……」

「やはあっあぁぁ♥　それっ、ああ、またズボズボするのっ？　んおっおぉッ♥」

声に滲む期待の色が、望み通りの舌の出し入れを得た途端に喜悦の喘ぎへと変わった。

気を良くした父親が舌の出入りを忙しくさせ、ひねりも加えて娘の膣穴を穿《ほじ》る。その都度オクターブを上げた千奈の嬌声が、開け放した母屋から風に乗って庭園に響く。

「どうして……っ」

木の陰に身を潜める悠太が、今日幾度目とも知れぬ疑問符を疎外感と共に吐きつけた。その手の届かぬ母屋では、ようやく千奈の膣から舌を抜いた父親が、自ら衣服を脱いで上半身裸になっている。

脱いだ後は、まだ四つん這いで震えている娘の傍へと腰下ろし。

「ほぉら、千奈。まん肉トログチョだぞ」

今度は直接手指で触れ、観音開きにした娘の女性器。その、明らかに唾液ではない汁気に満たされた、赤みの増した粘膜を不法侵入者の目に見せつける。

覗き見を気づかれていることに惑い慄くよりも先に、悠太の喉は唾を飲みこみ、股間は否応なく湧き上がる昂奮によって痛いくらい張り詰めた。

(感じてるんだ。だからあんなに……)

童貞の悠太ではあったが、本能的に理解する。

想い人の女性器は性的昂奮を経て、ああなったのだ。

(僕の好きな女の子は、父親に舐られて性器を濡らしてしまったんだ)

事実を反芻《はんすう》すると、哀しみと悔しさが万力のごとく胸を締めつける。

そんなクラスメイトの嘆きなど知る由もなく。

「千奈、ちゃんと聞いとるのか?」

「はひっ、はあぁあ♥」

父親の手で生尻をひと撫でされた、ただそれだけのことで蕩け声を吐き出した千奈。

その背中は小刻みに震えていた。

あれもきっと快楽の痺れが奔っているせいだろうと、今にも泣きだしそうな顔で悠太は理解する。

「こらっ手マングらいですぐにイクな。今からパパちんぽで柔肉捲り返してやるんだからな」

蜜漏らす穴に指を出し入れしながら告げる千奈の父親の声は嬉々と弾んでいて、言葉ほどには怒ってないのがわかる。

「……ッ！　やめ……」

父親がとうとう娘の膣に性器を挿入しようとしている——それだけはダメだ。見たくない。見てしまえば正気を保てる気がしない。

股間の疼きをはるかに凌駕《りょうが》する危機的感情が、悠太の喉を振り絞らせようとした。だが緊張に渇いていた喉と、唾に濡れる舌とが上手く動いてくれない。

物陰の悠太が喉のつかえに苦心する間にも、母屋では父と娘が裸体を寄り添わせる。ソックスだけ穿いた状態の千奈を背後から抱きすくめる父親もまた、ズボンとトランクスを脱ぎ全裸となっていた。

「は、恥ずかしいよぉ、お父さん。ね、やっぱり障子……閉めよう？」

父の手で身体の向きを変えられ、室内から庭園を見つめる形となった千奈が訴える。うっすら涙を浮かべて移ろう彼女の視線。それと危うくかち合いそうになり、悠太は身を屈めて隠形《おんぎょう》を強めざるを得なかった。

（ッッ、なんで。どうしてビクつくんだ。これじゃ、まるで僕が悪者だ）

千奈が嫌がっていない以上は、自分は不法侵入した出歯亀でしかない。

そんな現実が悔しくてならず、爪が食い入るほど固めた握り拳になお力をこめ、その場に踏みとどまる。

確かにまだ千奈とは恋人ではない。けれど彼女の好意は感じていて、告白すれば成就する期待を強く持っていた。だからこそ余計に悔しさが募る。

（逃げて堪るか。僕は、僕は……っ）

もはや意固地となり激情に駆られてもいた悠太には、自分がこの場に居て何をしたいのか、何ができたのか、思考することもできなかった。

「恥ずかしがったほうが千奈はよく濡らすからなぁ。心配せんでも、勝手に人の家の庭にまで入ってくるような不届き者は、うちの近所にはおらんよ」

左右それぞれの手で娘の胸をむんずと掴み、手のひらに収まりきらない、その豊かに実った膨らみを揉み解していく父親。

（あれが堀籠さんの……おっ、ぱい……。ああ……あんなにも、ひしゃげて……）

ついにまじまじ見ることのできた二つの乳房は、想像よりずっと大きな膨らみで、

「美しい」——真っ先にそう思った、

その美しい造形を揉んで崩す男への怒りが湧くのと同時に、羨望を禁じ得ない。ひしゃげるほど揉まれて千奈が可哀そうだ——そんな憐憫は、彼女自身の口から洩れた甘い響きによって粉砕された。

「はー……あぁあ♥」

禿男は粗暴な外見の雰囲気にそぐわぬ巧みな手つきで、若い娘の性感を刺激し続ける。乳首の円周をくすぐるように指腹で巡り、期待に逸る娘の視線を意識したそのうえで、乳頭から逃げてゆく。

「あ……や、ぁぁ……」

千奈の落胆がありあり読み取れる声の響きが、覗き見続ける男子の嫉妬をこれでもかと煽り立てる。

「相変わらす敏感なスケベパイだ。早くここから母乳を飲みたいもんだ」

夢見心地の禿男が告げた言葉が、嫉妬にまみれる悠太の胸に戦慄を注ぐ。

(母乳って、まさか……まさかアイツッ！　親のくせに、千奈ちゃんに子供を産ませるつもりなのかッッ)

想い人の父親、悪辣なるその男は自らの娘を孕ませようとしていたのだ。

吐き気を堪えるためか、はたまた未だ冷めやらぬ恋心を奮い立たせるためか。悠太は無意識のうちに千奈を下の名前で（心の内で、ではあるものの）初めて呼んだ。

　慕情に暮れるその眼差しは、父の手指に乳首摘まれて喘ぐ彼女の艶姿に注がれたまま。

「赤ん坊に飲ませてやる前に、味見してやるからな」

「あっ♥ン……」

　そこに禿男の口が吸いついて、想い人がまた甘露と鳴いた。彼女の火照り緩んだ嬉しげな表情を、今度こそ余すことなく視界に収め。

　吸い捏ねられた乳房が嬉々と震えるたび。蕩け顔の千奈が喘ぐたびに、またぞろ悠太の股間がズボンの内でムクムクと膨らんだ。

「く、うぅ……」

　下の名前で呼び合い、手を繋ぐ。そうしたささやかな夢を見ていた自分が惨めに思えるほど、悠太の目に映る父と娘の姿は親密だった。

「ほれ。父親であり、やがて生まれる子のパパにもなる儂にキスしなさい」

　愛情たっぷりのやつをな——そう付け加える禿男の視線がまた庭園の木の陰に潜む悠太を捉える。その勝ち誇ったようにほくそ笑む口元から伸び出た舌先と、

「あ……ひぁぁんっ」

乳首をクリリと捏ねられ喘いだ千奈の口から、おずおずと出てきた舌先とが、目を血走らせた悠太が見つめる中で、そっと触れ合い、そしてすぐレロレロと舐り合う。

それは悠太が密かに抱いてきたファーストキスのイメージとは何もかも違う。愛情を共有するのではなく、快楽を供与し合うための口づけに、童貞男子は見入ると同時に苦悶させられた。

（もう、やめてくれ……どうして。どうしてそんな年のいった男と、父親とイヤらしいキスをして……嬉しそうな顔するんだよ）

舌同士を触れ合わせた瞬間に、また一つ何かを吹っ切ったかのように千奈の表情が和らいだ。日頃悠太が目にしてきた彼女そのままの純朴な笑顔――そこに悦の火照りが加わり、これまでにも増して淫蕩《いんとう》な表情を形作っている。

思い出まで汚された気分でありながら、悠太はそんな千奈に魅入られたように目を離せないでいた。

「んっ、んちゅ……んふぁ♥」

左の乳房――大きくて、とびきり柔らかなその膨らみを揉み捏ねられては甘い鼻息漏らし、息苦しいだろうに父親との舌の舐り合いをやめない、千奈。

「んふぅ……っ」

父親の手で首の後ろを抱かれ、引き寄せられるがままに熱い接吻を交わす千奈。

「は、ぁ……んは、ぁぁ……」

たっぷりと口の中を舐り回される、グチュグチュという音色の後にようやく解放されて、名残惜しそうにまつ毛を震わせる千奈。その舌は離れゆく父親の唇を追うように飛び出たまま。舌の先端から引いた唾液の糸が、まだ父親の唇と彼女を繋いでいた。

どれもこれも、千奈に恋する男子にとって噴飯物の光景だ。

吹っ切れた後の彼女が時折、常日頃の表情を織り交ぜるせいで、余計に彼女が手の届かないところへ行ってしまった——そんな喪失感をも味わわされる。

「千奈、ちゃん……っ」

初めて声に出して呼んだその名は、か細く掠れていて、とても母屋の彼女の耳には届かない。

「千奈、舌を出しなさい」

「お父さん……はい……」

父親に告げられて当たり前にもう一度キスしてもらえるものと思った千奈が、蕩け眼で舌を差し出す。その上に、父親は脇に置いてあった袋から取り出した錠剤を一つ、そっと乗せた。

（なんだ。何を飲ませたんだ⁉　これ以上千奈ちゃんをどうするつもりなんだよ！）

できることなら今すぐ飛び出して、あの禿頭を、ビールっ腹を、いやらしい顔面を殴りつけてやりたい。

千奈のことが心配で堪らない。

（なのに、なんでっ‼）

親子でありながら性的な親密さを窺わせ続ける二人の姿。

そして、たった今。

「昨日も飲ませたやつだよ。千奈の排卵を促す薬だ」

「……んッ」

排卵誘発剤と思《おぼ》しき錠剤を、ほんの十数秒逡巡しただけで当たり前に嚥下《えんげ》した千奈。

その様に、最大限の戦慄を覚える。

未知なるものに怯えるように、悠太の足はガクガクと震えるばかりで一歩も進めず。

悪寒交じりの震えが背にも奔り抜けているせいで、後ろにへたり込むことも、首を横に振って目を背けることもできずに、今から母屋で繰り広げられる淫態を見続ける道しか残されていなかった。

「お父さんに任せなさい、いいね？」

父親の手で畳に直接仰向けに寝かされて、悠太には右側面を見せる形となった千奈が安心したように、また常日頃の純朴な笑顔を覗かせる。

「お父さん……はい♥」

自らの左手人差し指の爪を噛んで、従順な返事をした彼女の瞳は期待に満ちたようにある一点を見つめていた。

その視線を追うことで、悠太の目にもそれが明らかとなる。

「いい子だ」

千奈が期待に満ちた眼差しを注いでいたもの。それは、この期に及んで父親の顔つきに戻った男の股間で隆々と反る男性器。

今の今まであえて悠太が視界から外していたその物体は、あまりにも黒い。使いこまれたペニス特有の淫水焼けした赤黒さが、何よりもまず童貞に衝撃を与えた。

(あんなものが千奈ちゃんの中に。何度も、もう何度も入って……!?)

太さも、長さも自分の持ち物とは数段違う。カリ首の凶悪な段差も、臍に張りつかんばかりに漲る性欲の強さも、若い悠太が嫉妬するほどに悪辣だ。

それが、もう何度も千奈の膣に出入りし、先ほど目にした桜色の粘膜を擦り上げている。想像するだけでも吐き気催す行為が今まさに視線の先で行われようとしている。

（嫌だ、見たくない。そんなものっ。くそっ、くそぉぉぉっ！　動け、動けよッ！　動いてくれぇぇっ！）

悪寒と震えに襲来されている悠太の身体は、いくら叱咤しようとも目線一つ動かせなかった。

緊張と怒りと失望、そのほか諸々の感情に揺さぶられ続けるせいで思考もまとまらず。カラカラに渇いた喉が発声を阻む。

「はぁ、んっ、お父さん……早くぅ……」

正常位で組み敷かれ、自ずと脚を開いた千奈が、媚たっぷりの声で懇願する。

羞恥心からかギュッときつく閉じたその表情は、いつもの恥ずかしげな彼女そのものなのに――。

「よしよし、ほぉら千奈。パパちんぽがまた、お前のま○こにヌップリしちゃうぞォ」

「くぅんッ♥」

凶悪な逸物を股肉に摺りつけられた途端に甘露と轟くその声は、紛《まぎ》れもない、悦びの音色。近親相姦への嫌悪など微塵もない。雄々しい牡に組み敷かれ犯されるのを、ただただ悦ぶ一匹の若い牝が、そこに居た。

性器同士の摩擦が重ねられるにつれ、最初はクチュクチュという程度だった水音が、次第にグチュグチュと、より卑猥《ひわい》な粘着音に変化する。

　そして、ついに鼻息も荒く悦に入った禿男の腰が、角度を整え千奈の腰に突き立つ。

「フゥ、フゥ……ふふ、いくぞォ千奈。ふんっ」

「ひん♥　あっはぁあ♥　お父、さっぁあんんっ」

　勢いをつけた逞しい腰が突進した。処女であれば、否、経験の少ない娘でも痛がって当然のいきなりの強い突きを、千奈の膣は嬉々と受け入れた。

　禍々《まがまが》しく滾った肉砲身を呑みこんでゆくのに合わせて轟く彼女の甲高い嬌声と、感極まったような表情。

　それらがなせるほどに千奈は父親と性交を重ねてきたのだと理解した途端に、また悠太の股間がどす黒い熱に煽られた。

「くそっ、おぉぉっ……」

　掠れに掠れた負け犬の遠吠えが、淫らな攪拌音を響かせて粘膜を擦り合う親子に届くはずもない。

「くふゥ、襞という襞がちんぽに絡みよるっ」

　喜び勇んだ腰を激しく出入りさせ、そのたびに膣から蜜汁を掻き出す父親も。

「お父さっああっそれっ好きィ、グリってされるのイイよぉぉっ」

膣内の襞々を擦り上げられては喜悦に咽び、親の腰に脚をしがみつかせて、さらなる突きを希う娘も。

二人とも周りが見えなくなったかのように互いだけを見つめて、一心不乱に肉の欲を貪《むさぼ》っている。

「やっぱりセックスは生でするのが一番だ、なぁ千奈」

「うっ、ンッ♥ イイッ、の、生っ、イイっ」

排卵誘発剤を飲んで、避妊具なしでセックスすることを恐れるどころか、悦んでいる親子。

その異常さに圧倒され、疎外感を味わわされながら。

(千奈ちゃんはもう、ただ純朴だった彼女は、もうどこにも居ないんだ)

想い人は、父親の毒牙にかかり、変わってしまった。

「うぅ……っ」

二年以上想い続けた恋が散ったことを、今ようやく痛感して、悠太の目に涙が浮かぶ。最悪の形で迎えた失恋に吐き気すら催していた。

なのに、それでもなお股間の滾りは収まる気配を見せない。

「いいか千奈。今日は絶対に父さんの子を孕みなさい」

「あ……ああ……ンッ！」

孕めと言われて正常位で突き上げられ、千奈が見開いた目から涙をこぼす。

けれどそれが悠太の目には、悔しさと情けなさからくる自分の涙とは違うものに見えた。

彼女の半開きの口も、涙をこぼす瞳そのものも、喜悦に蕩け緩んでいたからだ。

「ま○こもすっかり馴染んで蕩けたからな」

千奈の父の言葉通り、膣口は父親の逸物を咥えて放さず、よだれ代わりの蜜を噴きこぼしてもいる。

その蜜が父親のピストンによって攪拌され、グチュグチュと卑猥な音色と共に泡立つたび。父親の腰の左右で震える千奈の両足のつま先が、ピンと反って悦びを訴える。

「あッ、あぁッッ、はっ、あああぁあ♥」

快感を与えてくれることへの感謝と、愛情を伝えるように千奈の両手が、父親の背を抱き締めていた。

見るものすべてが失恋直後の男子の心を切り刻み、落涙と嗚咽を重ねさせる。

その一方で、初めて目にするセックスの臨場感が若い欲望を駆り立てた。

（この、ズボンの中でバキバキになってるちんこを……僕だって、叶うことなら……

千奈ちゃんの中で……擦って、気持ちよくなって、出したいよ……！）

　恋破れたばかりでありながら、その相手に対し欲を抱く浅ましさ。己に失望した悠太だったが、続けて耳に飛びこんできた文言と目にした光景が、童貞の欲望をいっそう刺激する。

「今夜こそ着床させるつもりで受け止めなさい。わかったか!?　千奈！」

　吠えた千奈の父が、腰をパンパンと打ちつける。太く長い逸物に膣内を横断される、その感覚たるや如何様《いかよう》か。

「ほれっ、聞いとるのか？　キスでいいから応えなさい」

「ン、ちゅ……ふゥ、ンふぅぅっ」

　迫ってきた父の頬にわざわざ手を添えて、羞恥で目を瞑りながらもむしゃぶりついた千奈。その貪欲な接吻こそが、女体に奔る快楽の返礼なのだと、童貞ながらに理解した。

「ぶふぅっ、そうだ、偉いぞ。千奈は孝行娘だな」

　娘の上唇を食《は》み、おずおず出てきた彼女の舌先と己の舌先とを擦り合わせる父親。その大きな手のひらに撫でられた娘は、安堵したようにあどけない表情になり。

「ほれっ子宮口をコンコンだ！」

「ひぃッんあっあああ！」

すぐさま涙とよだれを撒き散らす淫蕩な面相に変わった。

杭を打ちつけるような腰遣い。それこそが子宮口を刺激しているのだと、悠太は理解した。

「それだめぇ、そこっグリッてされると私ぃっ」

まるで犬がするようなハッハッと短い息遣いを重ねつつ、千奈が切々と告げる。切実に駄目だと告げておきながら、彼女の両脚は父親の腰に抱きつき離れないでいた。

それが悠太の目には「もっと」とせがんでいるように映る。

「ふふ、千奈は本当に可愛いま○こ嫁だなぁ」

我が娘を嫁と称するのみならず、卑猥な性器の呼び方まで付け足して臆面もなく、喜び勇んで腰振り立てる父親も父親ならば。

「お前は奥をトントンされるとすぐイクからな。じっくり可愛がってやらにゃ」

「あっ、やぁぁっ、寸止めっ、やぁぁ……」

あえて奥を突かず、腰の動きも緩めた父親に対し、媚たっぷりの声と視線、さらには自ら腰をくねらせて訴える娘も、娘だ。

（親子で快楽を貪り合うなんて。そんなこと動物だってやらないよ！）

睦《むつ》む母屋の二人を獣以下と切り捨てることで、憤慨を少しでも晴らそうと試みた悠太だったが、それを覗き見て勃起している己は獣以下の以下。最底辺の存在だ。

そんな結論に行き当たり、情けなさで唇を血が滲むほど食い締めた。股間を巡るどす黒い欲望を抑える手立てもなく、かといってこの場で自慰に励むなんてことは人としての矜持《きょうじ》が許さない。

(僕は、違う。あそこで絡み合ってる親子とは違うんだ……っ)

「そんなにイキたいか? まったく、スケベな娘を持つと大変だ」

意地でも股間に手を伸ばさない出歯亀に、またチラと視線寄こした禿頭が楽しそうに口角を上げた。

「だ、って、あぁ、だってぇえっ……もっと、欲しいよぉ……」

娘の顔のすぐ左隣に突き立っている、父親の左腕。その手首辺りにすがりつくように頬を擂り寄せて、とうとうおねだりの言葉を口にした千奈。

常日頃であったなら庇護欲をそそられただろうその泣き顔が、今は悠太の嗜虐《しぎゃく》欲を煽ってやまない。

(禿げて太ってるおじさんに媚びて、そうまでして気持ちよくなりたいのかよ……そんな、いやらしい顔して……っ、父親相手に何頼んでんだ、変態‼)

堪らず呪詛を含めた視線を、母屋の親子へ注ぐ。

想いの種類こそ変われど、その強さが引き寄せてしまったのだろうか——。

悠太と千奈。互いに望んでいなかった状況は、あまりに唐突に訪れた。

「……ッッ！」

蕩けきっていた彼女の瞳が、庭園に視線をさ迷わせるうち、そこに居るはずのない姿を見つけて、驚愕《きょうがく》に見開く。

千奈と視線がかち合ったことで、心の内を見透かされたように感じた悠太もまた、身をギクリと強張らせた。

「高……橋、くん。どうし……ん〜〜〜ッ♥」

呆然と呟いていた千奈の表情が一変し、語尾が引き攣った嬌声となる。

父親が彼女の腰を両手で掴み、激しいピストンを再開させたせいだ。

「ほれっほれっ！　このちんぽ突きが好きなんだろうが！」

庭園に潜んだ出歯亀に見せつける意図ありありの目線を寄こしつつ、娘の膣を突き穿る父親。

ケダモノじみた腰遣いを浴びる千奈もまた、与えられる快楽に引きずりこまれるように、見る見る淫蕩な表情を取り戻していった。

「はぐっ、んあ、ひッあああぁ♥」

父親のピストンが速まるにつれて、まともな言葉を喋れなくなり、悠太に向いていた瞳も半開きとなったうえ、涙で滲んで虚ろとなる。

「千奈、ちゃん……千奈ちゃんっ！」

悠太は一度茫然《ぼうぜん》と呟いたのち、意を決して大声で呼びかけた。

(もう一度振り向いて欲しい。こっちを見て、助けを求めてくれたなら)

今すぐにでも飛び出して、彼女の父親を殴り飛ばす覚悟はとうにできている。

現金な話だが、一度視線を合わせたことで再び一縷《いちる》の希望が若い男子の胸に点っていた。

――けれど、彼女の瞳が再び悠太を直視することは終ぞなく。

「千奈。ほらここだ。わかるか」

「～～～っ♥」

腰掴む父親の手の両親指に、グッと下腹部を押され。続けて子宮口を狙った杭打ちピストンを浴びせられた千奈は、頤《おとがい》を反らして声なき喘ぎを発しながら、再び父の尻へと両脚をしがみつかせてしまった。

「お父さん今からここに種を注いでやるからな。千奈も元気な卵子を出しなさい」

食い締めた口元を嬉々と歪めた父親。種付けの完遂を宣言したその下劣な男へと、千奈の視線は一心に注がれている。

「たっぷりの、ぼってりと重たい濃厚精子が行くからな。子宮でちゃんと迎えて、飲み干すんだぞ」

語りながら想像して興奮を強めているのか、息を荒らげた父親の腰遣いが明らかに力強さを増した。

「ひッ♥　あああッ、ぁぐっうぅぅっ、ンンンゥっ♥」

目を瞑って視覚を遮断することで、父親のペニスの挙動をひと際鋭敏に感じ取れるようになった千奈が、ピストンのリズムに合わせて首を縦に振る。

(突かれて揺れてるんじゃない、あれは……自分の意思で頷いてるんだ)

理解すればこそ、改めてフラれた——そんな心境に悠太は陥った。一日に二度味わう失恋の痛みが、つい今しがたまであった覚悟を奪い。

自分をフッた相手が父親に服従した挙句に種付けされようとしている、そのことに倒錯した悦を覚えてしまう。

千奈への断ち難い思慕と、それが屈折した果ての復讐心と、若さゆえの強い性欲とが複雑に混ざり合い、悠太の身体と心を雁字搦《がんじがら》めに縛り上げる。

制服のズボンの奥で痛いくらいに張り詰めた童貞ペニスが、愛しい牝を貫きたい、屈服させて鳴かせたいと、しきりに訴えてくる。

「はぁ、あッ、は、ぁあぁ……っ」

その苛烈な鼓動に自然と荒ぶる悠太の息遣いが、いつしか母屋の千奈の息遣いと同調し始める。そうすることで彼女と睦み合っている気になって、ひと際昂った童貞ペニスへと伸びかけた手を、悠太はすんでのところで握り締め、とどまらせた。

「ドクドクと溢れさせてやるからな。ちゃんとおねだりしなさい」

妄想に慰めを求める童貞を嘲笑うように、禿男の宣告は続く。

我が物顔で娘の膣に出入りする肉棒の黒ずんで太い幹には、べっとりと淫水が――千奈の快楽の証が塗りこめられている。

「ああッ、ぁぐっ、そこ、っンッ、ンふぅぅンッ」

父親ペニスが抜けゆくたび、すがりついた陰唇が捲り上がって蜜を撒き散らす。

喘ぎながら必死に首を縦に振った千奈。それの意味するところに気づけばこそ。

「ゃ……め、やめッ……やめろォォォッ!!」

悠太は渇いた喉を振り絞り、掠れ声を無理矢理に張り上げる。

それは確かに母屋の千奈の耳にも届く声量だった。

だが程なくして千奈の父が発した言葉の衝撃が、童貞男の必死の誓願をふいにする。

「く、おぉ……いつも以上に締めつけてきおる。そんなに、あの小僧の目が気になるのか？」

（僕に見られて、千奈ちゃんが……？）

俄然《がぜん》勢いづいた黒い欲望が、制服ズボンの内の童貞ペニスをけたたましく猛らせた。

「うぐ……！」

堪らず呻いた悠太をよそに、千奈は再び父の腕に顔を摺り寄せている。その表情を悠太だけが窺い知ることができなかった。

けれど、それもほんの数十秒のこと。

「お父さん……千奈にいっぱい精子ください。私をお父さんの、孕み妻に……してください♥」

伏し目がちとなった彼女は、羞恥と諦めと、わずかばかりの期待を秘めた表情を父親にだけ向けて、陶然と告げた。

「……！　お前は儂の娘《もの》だ。これから何度でも孕ませてやるぞ！」

種付け受諾の宣言を受けてひと際昂奮した父親が、千奈の背に右手を回して抱き寄せ、口づけを交わしながら腰を振るう。親子でもある男女の腰がぶつかってパンパンと小気味よい音を奏でる中。

のし掛かってきた父親に組み伏せられた千奈の両足つま先が、天を向いてピンと反り立った。

「やめ、て……くれよ……お願いだから、あぁぁっ」

青ざめ見つめることしかできない悠太の股間の滾りも、一度も手で触れてすらいないにもかかわらず限界が迫っていた。それを認めたくなくて、目の前の光景を現実と認めたくないばかりに、壊れたラジオのように「やめろ」と繰り返す。

その一方で、震える膝を力ませて視界を保持し、母屋の様子を一時も見逃すまいと血走る目を見張った。

(僕は……ただ、僕は……千奈ちゃん、きみと……)

夏休みに告白をし、恋人になって、まずは手を繋ぐ。そんな、たった一時間ほど前まではかなり現実味を帯びて思えていた夢が、この期に及んで顔を覗かせる。

「受け止めろ！」

娘の膣に杭打ちピストンを連ねていた父親の腰が、一番深い位置で押しついたままブルリと震えた。

千奈に種汁の受け入れを要請する奴の言葉が、まるで「この現実を受け止めろ」と吠えているようにも思えて――。

「ちく、しょぉ……っ」

悔し涙を流し、ついに血の滴った口唇をなお強く噛み締めた悠太が見つめる中。

「んヴッッ、ぁああああああッッ♥」

父親の背に両手を、腰に両脚をしがみつかせた千奈が、ひと際甲高く長い嬌声を轟かせた。

首筋を逞しい左手にホールドされた彼女の視線は、変わらず父親ただ一人を見上げていたが、その蕩け惚けた淫貌は悠太にも視認できた。

(あんな顔を……僕だって、彼女にしてもらえたかもしれない。もっと早くに、父親の毒牙にかかる前に告白して、つき合ってれば……！)

後悔と、もしもの妄想とが連なって責め立てる。

一方で、想い人が膣内射精される場面を目撃した肉体は、嫉妬と興奮により忙しく鼓動する肉棒に振り回され続けていた。

とうとう父親に種付けされてしまった千奈に対し、憐憫や失望、憤慨を覚えるも、それを大きく凌駕する、激しい性的昂奮――甘美な痺れを伴うそれが、童貞ペニスの根元から切っ先目掛け駆け上がってゆく。

「うッ！　うぅ！」

父親が呻いては背を震わせ、腰をグイグイと千奈に押しつける。その都度千奈は開き通しの口から舌先を出したまま甘露と鳴いて、喜悦の波に呑まれた全身を父親同様に震わせていた。

竿に残った分までひり出そうとする父親に対し、娘もまた嬉々と膣を引き締め、精子を絞り啜っているのだ。

「あああ♥　はぁ、あ……っくぅぅぅぅっ♥」

あまつさえ、父親の種汁で子宮を埋め尽くされたことで、千奈は嬉し涙を流しながら達してしまった。絶頂に咽ぶ想い人の、未だ父親に抱きすくめられたままの肢体から立ち上る淫臭が、遠く離れた庭園にまで漂ってきそうに思えて――。

そして、イキ果てた彼女のイヤらしい顔が瞼に焼きついて離れぬ中。

「ぐぅうっ⁉」

とうとう一度も触れられずに限界を迎えた童貞ペニスが、トランクスの中で射精した。腰が抜けそうになるほどの快感を味わって、膝が無様に笑った後、地べたに尻もちをついた。その際の衝撃でまた射精し、さらに二度、三度と、瞼裏に焼きつく想い人の淫らな様に煽られて不徳の悦が溢れだす。

「うぁ、あぁぁぁあ……」

開きっぱなしの口蓋は喘ぐばかりで、言葉にならない。

(千奈ちゃんが膣内射精されてしまった。種付け、されて……っ)

頭の中ではその瞬間が幾度も再生され、そのたびに股間に敗北感たっぷりの恍惚が迸る。

そうして十度以上も無駄撃ちした挙句に、ドロドロの精子が下着や内腿を濡らす心地悪さが羞恥心と共にようやく実感される。

(……何が「助けに飛びこむ覚悟がある」だ。結局、好きな子が中出しされるところを覗いて射精した……最低のことしかできてないじゃないか僕は……！)

敗北感と羞恥に自己嫌悪までもが加わった結果。気づけば、あれほど動かなかった脚が嘘のように駆け、悠太は庭園から逃げ出していた。

「ふぐっ、うぅッ、はぁッ、あぁあああ……！」

逃走のさなかに射精を終えたペニスが、ズボンの中でトランクスと何度も擦れた。それだけでまた達してしまい、幾度もつんのめりながら、それでもひたすら逃走した。

悔しさと恥ずかしさ。怒りと失望。そして、愛しい人に種を注いでいた男への、猛烈な羨望——すべてが童貞の心を鋭く切り刻んだ。

ズタズタに裂けた心から駄々洩れるのは、在りし日の——野に咲く花のような純朴さを持った千奈の笑顔ばかりだ。

『クラスは違っちゃったけど、また勉強教えてね』

照れ交じりの、控えめなはにかみ。彼女の性格そのものなあの笑顔が、大好きだった。次々浮かぶ思い出が涙を誘い、涙を振り払おうと瞬きしたために、未だ瞼に焼きつく淫蕩なイキ顔までをも思い出す。

それこそが今の千奈なのだという現実が、心裂かれた童貞男子には到底受け止められなかった。

（……この屋敷に来てからのこと全部が、夢だったらいいのに）

体験したこと全部から目を背け、ただひたすらに逃げ続ける。

やがて河原の土手に差しかかり、疲れ果てた足がもつれ倒れこんでも。息を整えるべく、身体が勝手に空気を吸った時も。倒れこんだ土手で茜色に染まった夕焼け空を仰いだ際も。

どうにか記憶の中の千奈の笑顔だけを思い出そうと努める。

——それなのに。一度イキ顔に上書きされたせいで、かつての彼女の笑顔が、もう思い出せなくなっていた。

（さっきまで思い浮かべられたのに、どうして……っ。ついこの間まで毎日のように見てたんじゃないか。恋焦がれて見てた、なのに……どうしてっ！）

それが堪らなく哀しくて、未だ精液でグチョグチョの股間の心地悪さも束の間忘れて――悠太は誰も居ない河原の土手で、静かに啜り泣いた。

3

「……逃げたか」

悠太の逃走を知って短く呟いた成将だったが、それきり彼への興味を失くし、千奈に視線を戻すと、

「おぉ……っふふ、そうだ、最後の一滴まで搾りきりなさい……」

膣内で射精しては、膣洞全体が搾り上げてくる、その腰が抜けるほどの快感に没頭した。

「……高、橋君……ごめん、ごめんなさい……」

一方の千奈は、何度も懺悔《ざんげ》しながら、父の子種を腹の中で浴び。その都度、罪悪感を恍惚が上回りそうになる、そんな己に深く失望した。

近頃は日に三度以上が定番化しているせいで、すっかりセックスにも膣内射精にも馴染んだ膣襞が勝手に、まだ硬さを保っている肉棒へと舐りつく。

(……終わっちゃった。私の初恋。こんな、最低の形で……っ)

遅まきながら迎え、大事に育んできた初恋を、他ならぬ自らの手で踏みにじってしまった。想い寄せる人を深く傷つけて、失望された。

(もう、これまでみたいに話しかけてきてくれないよね。笑いかけても、もらえない。私が、イヤらしくて酷い女だから……!)

肉体がイヤらしい反応を示すのは、望んでそうなったのではなく、父に毎日開発されているから。

(でも、結局お父さんを拒まなかったのは、私)

父親に責任をなすりつけることなど、できない。

(今じゃもう、お父さんとセックスしないと夜眠れなくなってるの。乳首だってセックスをするぞって言われただけで勃っちゃうし。お股も、勝手に濡れて子作りの準備整えて……っ)

「受精を感じながらお父さんの唾を飲みなさい」

今も、父からの要請に恥じらいつつ、期待に胸高鳴っている。応じれば、また膣内の逸物が元気を取り戻して、たくさん突いてくれると理解しているからだ。

肉体はもうすっかり父がもたらす快楽の虜。心だって、いざ行為が始まれば抗うのをやめ、一心不乱に貪ってしまう。

(そんな私が、高橋君に恋したこと。それ自体が、間違いだったんだ)

高望みした結果、傷つけなくていい人を巻きこんだ。

本当は、去りゆく悠太に声をかけたかった。

一言だけでも謝りたかった。

けれど、今と同じように父からキスをせがまれていたから。

(キスしながら中に出されるのが堪らなく好きだから)

想い人への申し訳なさより、父との快楽を優先した。

「う、ン……っ」

今また父と口づけを交わし、それにより猛りを取り戻した逸物が膣壁を擦り上げだした。そこから逃れることなど叶わぬと、痺悦と共に痛感する。

(私はもう……お父さんとじゃないと、駄目……)

心の中で悠太に再度謝り、「さようなら」と告げた。

恋破れた痛みと共に、心の枷が外れた気がして、

「お父さん、これ私……好きぃ♥」

思ったままを口にする。

「儂も、千奈とキスしながら突くの大好きだぞ」

上機嫌となった父が、逸物の切っ先で繰り返し膣の上壁部分を擦り上げてくる。感じる部分を知り尽くした同士のセックスは、最高に気持ちいい。

なのに、いつまでも涙は止まらなかった。

目を瞑れば必ず悠太の笑顔が思い出されてしまうから。

千奈は再び父が膣内射精するその時まで、涙溢れる瞳を決して閉じなかった。

4

本日四度目の種付けを終えた、午後八時過ぎ。

離れにこもっている母の代わりに遅めの夕食を拵えるべく台所に立った千奈に対し、成将は五度目の性交を要求した。

「ほら、しっかりエロケツ上げなさい」

「はい……」

従順に応じた千奈は全裸に、エプロン一枚だけ着けた格好だ。当然丸出しの臀部《でんぶ》を持ち上げて背後の父へと突き出せば、女性器の割れ目はもちろん、尻の穴まで見られてしまう。

料理すると告げた際「裸エプロンで」と要請してきた父。そして頑なに自身も全裸のままでいると言い張った父。

台所でも情事に耽《ふけ》るつもりでいた彼の思惑に、薄々気づいてもいたから。それに生尻や背筋、うなじを舐るように見られることで、羞恥を凌駕する性的期待を催している千奈としても、拒む理由がない。

「ああ、もったいない。ま○こから種付け汁垂れてきてるじゃないか」

指示通り突き出された娘の双臀を父は手掴みにして割り広げ、今日だけでもう何千回と擦り上げた粘膜を剥き出しにさせる。そうして蜜汁と共に漏れた種汁を見咎《みとが》めるや、

「ほら、千奈のま○こ専用の栓をしてやろうな」

意気揚々と握り締めた勃起ペニス――今日すでに四度も種付けを行ったとはとても思えない、隆々と反り勃つ肉厚の砲身を、膣口へと押しつけた。

期待に濡れ、パクついてもいた膣口は、自ら招き入れるかのように父親の勃起ペニ

スを飲み込んでいく。

「はァ……あぁあぁぁ……っ♥」

前回に劣らぬ硬さと熱量を保った逸物であることを粘膜でじかに確かめ、なおさら潤いの増した膣肉が締めつける。

嬉々として貪欲に肉棒へと吸いつき舐りだした膣襞に対し、逸物は自らが主人だと誇示するように雄々しいピストンで応じた。

「おぉ、いいぞ、すっかり馴染んで……十年連れ添ったお前の母さん以上に儂のちんぽにフィットしてるぞ千奈！」

「ひぐっ、ふぁぁぁ♥」

父の発言と同じ想いを、今まさに娘も抱いている。

父がゆっくりと腰を引けば、吸いついた膣襞が追いすがって捲れ上がり。そこをまた戻ってきた肉棒に押し戻されて、腰の芯から背筋へと突き抜ける悦の痺れに哭く。

膣が父のペニスをみっちりと隙間なく包んでいるおかげで、その挙動一つ一つに敏感に反応しては、嬉々と締めついた。

（もう私のおま○こ、お父さんのとぴったり）

まるで初めから番《つが》いとして定められていたかのようだ。

実際は日々続けた子作りの賜物であるにもかかわらず、そんな甘い願望を抱くほどに失恋の痛手を負った千奈の心は縋《すが》る先を求めていた。

「う、んっ、吸いついちゃう、おま○こが勝手にぃっ」

自ずとペニスに押しつけながら、フリフリと左右に振りだした愛娘の腰遣い。その仕上がりぶりに満足して、より滾った逸物の持ち主が吠える。

「そうだろう、そうだろっ。もう儂とじゃないと満足できんぞ、確実にな！」

（そう、だよね。毎日何度も、何度も。朝から晩までセックス仕込まれてるんだもん。身体中の弱点、感じる所知られて……もう他の人じゃ……お父さんとじゃなきゃ、満足できないようになっちゃってるんだ）

絶頂を教わり、潮を噴けるまでになった。

膣内射精されるのと同時に絶頂できるようにもなり。絶頂に震える膣肉で、射精中のペニスを間断なく揉み締めることも覚えた。

父の性的に感じる部位を知り、そこを重点的に責めることで、お返しにより甘美な悦を得る。そんな日常を、おかしいとも思えなくなっている。

「にしても、ま○こヌメりすぎだぞっ。すっかりちんぽ悦ばせるの上手くなって！」

勢いづいた腰遣いで膣内の深い部分まで貫きながら、父が言う。

「ご、ごめんなさい♥」

父の両手に尻たぶを軽く複数回平手打ちされて、とっさに謝りつつも、ジンと痺れたその小さな痛みが、さらなる悦の呼び水になると知ればこそ、千奈の口元は緩んでいた。

尻を叩かれる娘の声に媚が多分に含まれていることからおおよそのところを察したであろう父もまた、ほくそ笑む。

「お仕置きされて悦ぶなんて、いけない子だな千奈は」

怒りではなく喜びを含有した父の言葉が、拠《よ》り所を求めてやまぬ娘の心の襞に染み渡り。

「ひゃあぁ♥」

肩を掴み背中に抱き着いてきた父親にうなじを舐られた。そのむず痒い衝撃に乗じて迸った肉の疼きに喘がされる。

去りゆく際の悠太の泣き顔が未だ焼きついている気がして、怖くて閉じられずにいた千奈の瞼。それが、うなじを舐られるのと同時に子宮口を亀頭に突かれ、二重の痺悦が迸った結果、堪らずきつく閉じた。

（ああ……）

やはり未だ瞼裏にこびりついていた想い人の様に苛まれる。

もう彼と結ばれる未来は来ないんだ――改めて痛感し、溢れた涙は、

「あぁ、あんっ、それっ、べろべろするのだめぇぇっ」

うなじを舐められ、尻たぶがたわむほどの突きこみを浴びることで喜悦の涙にすり替わった。

「ほら、おっぱいも」

「ひっ、ああああ♥」

左右の乳首を父の手に抓《つね》られ、そこにも痛みが迸った。父の手指に挟まれた乳頭はそのままスリスリと捏ねられて、痛みで鋭敏になっている分、余計に甘い疼きに見舞われた。

「痛いのの後は、堪らなく気持ちいいだろう？　千奈、好きだよなぁこれ」

「う、んっ。ンン、好き、ィィっ♥」

麻薬の如く中毒性の高い恍惚に溺れる傍らで、今後のことを考える。

(高橋君のことだから、今日見たことを誰かに話したりはしない……はず)

でも、何かの拍子に父との関係が、無二の親友である朋子に知られたら。

次に登校した時、学校には居場所がないかもしれない。

(そしたら、本当にもう私の居場所はここ。お父さんの傍だけになる)

最悪の想定によって生まれた恐怖が千奈の心を一気に押し潰そうとする。

だがそれも、膣内を強く擦られるたび薄らいでいった。

痺れる愉悦に誘われたかのように産道を下りてきた子宮の口が、ついに亀頭にノックされ、生じたより熾烈な痺悦によって千奈の閉じた瞼裏は明滅した。

「やぁぁ、こんなの狂っちゃうぅぅぅっ」

舌を突き出して喘ぎながらの娘の訴えは、父の獣欲をかえって刺激する。

「だったらそんなに腰をくねらすな！　イヤイヤ言いながら誘惑しおって！」

力強い父の腕に引き寄せられるがまま、彼の腰の上に乗る背面座位へと移行した。

下から突き上がる亀頭に子宮口がノックされるたび、悦に惚《ほ》れる牝腰が率先してくねる。そうすることでより摩擦悦を楽しめるため、千奈自身、腰を止めようとも思わなかった。

(だって……だって、お父さんのおちんちんだってどんどん硬く、熱くなって……あぁ、ほら……おちんちんの先っぽ、ブグッって膨らんだぁ……！)

自分の腰遣いで父親を射精間近に追いこんだんだ――そう思うと、痛快ですらある。

なおのこと腰振りをやめられない。

快楽を餌にされて抗えずに初めて排卵誘発剤を飲んだ昨日は、事後から妊娠の恐怖に怯え続けた結果、一睡もできなかった。

「お父さっ、ああっ、私おかしくなってるぅッ、また、またイクのぉっ」

なのに今は、失恋により生じた心の空白を埋めるかのように、逞しい父の温みに甘え、至悦と共に吐き出されるその子種を欲してしまっている。

(お父さんが射精するその瞬間に、ギュッと抱き締めてくれるのが好き。熱い子種がお腹の中に、雪崩みたいに入ってきて、すぐに溢れ返って波打つのが好きぃっ！)

だから抜かないで、このまま、またギュッと抱き締めてたっぷり注いで。

切なる願いを、再び開いた眼差しでもって訴える。

「イケっ、父親ちんぽで何度でもイケっ‼　儂もっ、千奈の孕み穴にたっぷりとまた濃いのを注ぎこんでやるぞォッ」

乗せた娘の腰が浮き上がるほど強かに突き上げ続ける父親の、許しを得て。

「ひぐぅうゔッッ♥」

浮いた後に自ずと振り下ろされた千奈の尻肉が、父の腰を強かに叩く。そうして蜜まみれの淫唇は、極太の肉棒を根元まで呑みこんだ。

まるで串刺しにされたようなその状態で目一杯に膣を引き締めると、ひと際巨大な悦の波がやってくる。

亀頭に押し潰されそうになっている子宮の口が、根負けしてとうとう開き、種を受け入れる準備を瞬く間に整え終えてしまった。

「おぉおっ千奈っ、千奈ぁああぁっ」

サイドテールを掠めて千奈の背中に抱きついた父が、さらに腰を突き上げて、開いたばかりの子宮の口に亀頭を嵌《は》めこんだ。

「はぐッッ！　〜〜〜〜〜〜〜〜〜〜っ♥」

初めての衝撃に言葉を失くしたのも束の間。ドプドプと注ぎこまれた種汁の変わらぬ粘り気と、射精の脈動に煽られて、膣内に蓄積した悦が爆発する。

（あぁ、わかる。これ絶対きてるっ、今、受せぇっ、してっぇぇえっ）

卵子に群がっていた数多の精子の中の一つが、今まさに突き入り、受精した。

本日五度目にして初めての実感が、生物として、牝としての本能をも至福へと導いた結果。未だ怒涛の勢いで種を注ぐ逸物を、膣洞全体が愛情をもって締め舐る。

「ひはっ♥　あぁ！　出っ、あはあぁあぁあ♥」

寄せては返す悦波を被るたび、達して引き攣る膣内で蜜が溢れた。それが、肉棒の幹を舐る動きに乗じて膣洞を下り、鯨の潮吹きの如く噴出する。

「おぉ、おっ、搾り取られるぅぅ」

口を蛸のように突き出し呻いた父。その吐息にうなじをくすぐられ、ぶり返した悦波にまた攫われ。イキ連ねては嬉々と種汁を搾り取る。

父も負けじと腰を押し上げ、乗る娘の身体を揺さぶっては種汁をひり出していく。

「おぉ……おッ、まだ出る……ッ、出るぞぉ千奈ッ」

徐々に勢いは弱まっているが、それでも撃ち出されるたび、子宮内の先に溜まっていた子種汁の海を波立たせた。

粘り気の強い白濁液がチャポチャポと波打つたびに、子宮内膜との間でねっとりと糸を引く。それがまたさらなる恍惚を呼び。

「はぁあ……ッ、あぁぁ♥」

間断なく締めついた膣洞がポンプの如く作用して、肉棒から残り汁を搾り、吸い上げていった。

鋭敏に研ぎ澄まされた女体は、汗ばむうなじを舐られたり、耳たぶを舐められたりしただけでたやすく再絶頂に達した。

（……あぁ♥　お腹の奥、あったかい……）

大量に注がれた種汁の温みと、重み。繰り返される絶頂の只中にあっても確かな、その存在感こそが新たな命が宿った証であるように思え、千奈は無意識のうちに自らの腹部を撫でていた。

「……っふぅう。これだけ出せば妊娠確定だな」

蜜に濡れ光る逸物を膣から引き抜いた父が、追認するように告げる。

「はあッあぁあぁあッ♥」

ペニスを引き抜かれる際の摩擦によって最後の悦波のぶり返しを浴びた千奈。栓を失って早々に子種汁を漏らしかけた膣口が、自らの意思できゅっと締まり、種の喪失を防いだのを見て、満足げに笑った父の手がぴしゃり。よくやったと、尻を叩いてくれた――そう解釈した色惚け脳に、安堵が広がった。

(私……ちゃんと、できたよ。お父さんの赤ちゃん、宿せたから。だから)

「妊娠中使えるよう、こっちの穴も躾《しつ》けてやろうな」

膣に連動して引き締まる娘の尻穴を覗き見て、父が言う。その意味することをまだ理解はできなかったが、きっと快楽を伴うのに違いない。

「儂も若い頃は散々女遊びしたが、その、どの女と比べても段違いだ。千奈、お前は最高の孕み嫁だぞ」

そう褒めてくれる父だけが拠り所。

いつも頭を撫であやすのと同じ手つきで、今は尻を撫でてくれる父の優しさに、たとえそれが歪《いびつ》であろうとも縋りついていなければ、生きてゆけないから。

連続絶頂の果てに痙攣し通しとなった脚が、いよいよ立っていられなくなってキッチンの床にへたり込む中。

「……お父さん、ずっと、ずっと放さないでね……♥」

涙と鼻水と汗の滴る笑顔を晒して、希《こいねが》う。

(……私、お母さんと同じことしようとしてる)

いつも男性に振り回されていながら、その男性に縋ることで生きてきた母と、同じ道を歩もうとしている。

そう思い至ったものの、十中八九妊娠したであろう今、引き返すことはできない。

(うぅん、違う。できないんじゃなくて、したくないの。私を誰より気持ちよくしてくれる人、お父さんと……もう……離れたくない)

父の手で色に染められ狂わされた娘は、床の上で腰をモジつかせる。

もう一度——そう乞うように蕩け見上げてくる娘の眼差しを受けて、父親は口元を歪めると、彼女の口元へと肉棒を突きつけるのだった。

第三章　母になるために

1

　七月最初の月曜日。天気予報で四日連続の真夏日が告知されていたこの日も、千奈は目を覚ますなり、求められるがまま父親との子作りに励んだ。

「ごめんねお父さん。もう支度しないと」

　事後、登校のための身支度を慌ただしく整えつつ、父に詫《わ》びる。

「ああ、行ってらっしゃい」

　全裸で娘のベッドに腰掛けている父は、満ち足りた表情で送り出してくれた。

（よかった。怒ってないみたい）

　土日と続けて終日セックスし通しだっただけに、今朝も一回では満足してくれないのではと不安だったが、さすがの父も疲れが出たのかもしれない。

　そう考えて、背後の彼へと気遣いの表情を振り向けた千奈だったが、

「帰ったら、またハメてやるからな」

下卑た笑みを口元に張りつけ、トランクスの前を早くもこんもりと膨らませている父。その旺盛すぎる性欲に慄くのと同時に、腰の奥が疼いてしまった。

(帰ってきたら、お父さんとまた……いっぱいセックス……)

想像しただけで、せっかく替えたばかりの真新しいショーツの裏地に蜜が染む。ストッキングを穿くことで余計蒸れて醸成《じょうせい》された蜜の香り。それがもし学友や先生に気づかれてしまったら——不安になって結局、新しくタンスから出したショーツとストッキングに着替え直す羽目になった。

午前七時四十分。身支度を済ませた千奈が遅刻しないで済むか危うい時間帯に急ぎ足で階下に降りると、台所にサンドイッチが二つ用意されているのが目に留まる。

千奈が寝坊した日は、決まって母が手製の卵サンドを用意してくれていた。手に取りやすく、食べながら登校もできるという理由からだ。今日も朝から父と娘が交わっている間に、母屋から出てきて作り置きしてくれたのだろう。

(……お母さん。ありがとう)

卵サンドの隣にはハム野菜サンドが並んでいて、牛乳も用意されている。栄養面も考えた母の心遣いに感謝しつつ、まずは卵サンドを口に運んだ。

食べ慣れた味が、平穏だった頃の記憶を蘇らせる。ハムサンドを食し、牛乳を飲みながら——気づけば、熱くなった目頭から大粒の涙がこぼれ落ちていた。

「や、だ……」

泣いて瞼を腫らせば、級友——特に親友の朋子に勘繰られてしまう。慌てて涙を拭うと、空になった皿と牛乳パックを洗って片付け、改めて急ぎ足で玄関に向かった。

「……行ってきます」

子作り生活が始まる前と同じ言葉を発して玄関を出た千奈を見送る者は、今日もいない。登校時間が遅れがちとなったことで一緒に行けない旨を伝えてあるため、朋子が家門の前で待っていることも、もうなかった。

登校途中で悠太が声をかけてくる——かつては頻繁にあった嬉しい出来事も、今は夢物語。学校で不意に顔を合わせても逃げるように去っていってしまう彼の心がいかほど傷ついているのか、思い巡らすたびに泣きだしたくなる。

(……駄目。朝からこんな顔してたら、朋子ちゃんに勘繰られちゃう)

一人ぼっちの登校は、千奈に自らの罪悪感を延々と突きつける。それを悟られぬよう取り繕うことに腐心する中、いつしか学校もやすらぎの場所ではなくなりつつあった。

2

七月第二週の金曜日。

例年は六月中旬から水泳授業が始まるが、今年はプールの故障によって中止。体育の授業は、ことごとく内容変更となっている。

本日はよりにもよって炎天下の中、グラウンドを走って五周せよとの指示が体育教師から出されていた。

「……っ、はぁ、はッ……」

元々運動に関しては可もなく不可もないレベルの千奈だったが、成将との子作りが連日夜遅くに及び、早朝にも一戦交えてから登校という日々が続いたため、当人が思う以上に疲労が蓄積していた。

結局三周目の中ほどで息切れと倦怠感に耐えられなくなり、膝に手を着いて立ち止まってしまった。

「千奈っ」

運動が得意で当たり前に先頭集団に居た朋子が、周回遅れとなった千奈に追いつくや、立ち止まって心配そうに声をかけてくる。

結果、今まさに千奈を追い抜いていった先頭集団に朋子は置いていかれてしまった。

「周回遅れになるなんて珍しいね。大丈夫？　また体調悪いんじゃない？　もしそうなら先生に言ってあげるから、保健室に行こうよ」

親友の心遣いが嬉しい反面、体調不良の理由を勘繰られるのではないかとの不安が尽きず。

「……ん。大丈夫。ちょっと休んだら、また走るから。気にせず先に行ってて」

笑顔を取り繕い、朋子に先頭集団へ戻るよう促す。

促された朋子はといえば、

『……千奈さぁ、高橋君となんかあった？』

半月前、久しぶりに登校してきた千奈に、しばし聞きにくそうにしてたから、意を決して問うた時と同じ——聞きたいけど、聞いてはいけない。そんな思いの感じられる沈痛な面持ちをしていた
「本当に何ともないの。大丈夫だから」

だからあえてというわけではないが、千奈も半月前と同じような精一杯の空元気で返事をした。

「……そっか。じゃ、先に行くね」

本当に体調悪くなったら遠慮せず、先生に言いなよ――。

千奈が頑張り屋なことを知っているからこそ最後に改めて忠告した朋子が、再び駆け出してゆく。すぐにトップスピードに乗ってどんどん遠ざかるその背に、千奈は無言で詫びた。

(嘘をついてごめんなさい。でも、心配をかけたくない。お父さんとのこと……朋子ちゃんにだけは知って欲しくないの)

小学校からの親友までもが、悠太のように自分を避けるようになったら。目線すら合わせてくれないようになってしまったら。

(そんなの、無理。耐えられない)

想像するだけで恐ろしく、そのせいか吐き気を催した。

「うぷっ!」

実際に溢れた気持ち悪さが、今朝食べたものと一緒になって喉元を駆け上がる。

「げほっ、けほっ……はぁ、は、ぁ……っ」

同種の吐き気を、昨日も一昨日も経験していた。

だからこれは、想像がもたらしたものではないとわかる。

(学校ではどうにか隠してるけど、体調が悪いのも、もうずっとだし。……生理、遅

れてるし）

理由は、自ずと知れる。

連日連夜の子作りが結実したのだ。

（お父さんとの赤ちゃんが、私のお腹に……）

すでに宿っているのかもしれない小さな命に思いを馳せると、束の間つわりが和らいだ。そんな、図らずも母としての反応を示す自身が、果てしなく恐ろしい。

「……っ」

先々への不安と恐怖が溢れるのを、唇をきつく噛み締めることで抑制しようとする。

なのに、腹部を撫でる手つきだけは優しさを失えなかった。

3

帰宅後。いつも通りに真っすぐ両親の寝室へと出向いた千奈は、そこにいつもはいない母・千草の姿があったことにまず驚いた。

（お母さん。なんで……）

日々離れにこもって、夫と娘の交尾から目を背け続けてきた彼女が居る理由。

それは直後の父の言葉から知れた。

「使い方は母さんに教わりなさい」

父に促され、母が薬局の袋を差し出す。中身を確認すると、「妊娠検査薬」——そう書かれた小ぶりな箱が一つ、入っていた。

父の見ている前でも何度かえずいていたから、察せられてしまったのだろう。

「……千奈」

立ち上がって手を引こうとする母親の、気遣うような視線が辛い。その視線の内に、どこか恨めしげな色合いが含まれているように思えてならないから、母の顔をまともに見ることもできず。ただ、小さかった頃のように手を引かれるがまま、トイレへと向かった。

トイレの前で母から簡単なレクチャーを受ける。

不妊治療中に幾度も試し、陰性の表示を目にしては落胆する——そんな日々を経験している母の心情を思うと、居た堪れなかった。

(お母さんが見てる今日は……今日だけでも、陰性になって)

いずれは避けられぬとしても、せめて母の目のある今日だけは陽性にならないで。切に願い、トイレへと単身入って、教わった通りに検査する。

その結果は――。

「……っ。……陽……性……」

普通に愛し合い、妊娠を望む女性であれば、喜びがこみ上げるのだろう。けれどそれを目にした瞬間、千奈の胸には母に対する申しわけなさと、「これで子作りも終わる」という安堵、そして先々に関するおおいなる不安。三つの感情が渦巻いた。

寒気じみた震えが全身を巡り、折悪くつわりも発生して、堪らず便器に顔を近づけ、吐き連ねる。

「うぇっ！　うぅ……！　どぉ、して……っ」

父との子作りが始まって以降、数えきれないくらい発した「どうして」が、ひと際の嘆きを伴って、胃液と共に吐きこぼれていった。

「千奈……結果、は？」

つわりが収まってからトイレを出た一人娘を気遣うより先に、母は結果を聞こうとする。母の顔には疲れと諦めと焦りが入り混じって浮かんでいる。それらが母を実年齢以上に老けて見せていた。

（私の体調を気遣う余裕もないくらい、お母さんも辛いんだよね）

夫と娘が子作りに励む日々が、どれほど母を追い詰め、傷つけているか。想像に難くなかったが、それでも今は気遣って欲しかった。優しい母の顔を見せて欲しかった。

「……千奈？」

自分だけ真っ先に地獄から解放されようだなんて、思わないで欲しい。憎しみにも近い激情を胸内に押しこめて、母の顔を見ないまま。もちろん問いかけに応えず、行きのように手を繋ぐこともなく、母を置き去りに、父のもとへと歩む。慌てて追ってきた母が何か言い募っていたが、もはや耳に入らなかった。

「そうか……そうかっ！　よくやった！　偉いぞ千奈！」

部屋に戻って結果を知らせると、父は胡坐をかいた自らの腿をパンと威勢よく叩いて歓喜した。次いで、「これからはお腹を冷やさないよう気をつけなくちゃな」——と、母体を気遣う言葉をくれた。

それを聞いて母も、先だっての己の失態に気づいたらしい。結果を知って俯きながらも安堵の表情だった母の顔が、ハッとなったかと思うと青ざめる。

「千奈っ……ごめ……」

けれど母の謝罪は最後まで紡がれることはなかった。

満面の笑みを浮かべた父が、娘の唇を吸うのを直視してしまったからだ。

「本当に偉いぞ。千奈。毎日たくさんハメた甲斐があったなぁ」

「う……ン♥　ちゅ……っ」

正座したまま逃げようともしない娘の肩を抱き、新たな命が宿ったその腹部を撫でる手つきに負けず劣らず愛情たっぷりの口づけを施す成将。

それは、性欲のままに貪るのではなく喜びを伝えるためのもの。

千草も新婚時代から幾度となく与えられ、妊娠が無理となるにつれて与えられなくなっていった、「本気のキス」だ。

「お父さっ、ァ……んちゅぅっ……」

与えられた千奈もまた、瞳を蕩かせ、頬を染めて喜びを体現していた。

トイレから出てきた時の沈痛な姿が嘘のように——。

それも結局、折に触れて成将が千奈の頭を撫でては妊娠を褒め、腹部をさすっては優しい言葉をかけているから。それらが成将の正直な感情表現だと、肌を重ね合った千奈自身が気づいているからだ。

「千奈、ごめん。ごめんなさい……」

娘をそうさせてしまう片棒を担いだ罪深さに耐えられなくなって泣き崩れた母。その哀れな様を、夫である成将は千奈への愛を囁くのに熱中しているため、実の娘である千奈は居た堪れなさから直視しなかった。

「生まれてくるのが男の子だったら、跡継ぎ問題解決だなぁ。でも女の子でも、もちろん嬉しいぞ。どっちにしろめでたい！」

愛を囁きながらも、とうとう堪えられなくなった成将が、大きく膨らんだ股間を千奈の頬へと摺りつける。

「お、父さん。駄目。ここじゃ……お母さん、見てるっ……」

恥じらいつつも潤ませた視線を父親の性器に注いでいる娘。妊娠後も性行為を求められる――それは千奈にとって望まざることだったはずなのに、唾液にヌメるその舌と唇が発した「駄目」は、あまりにもおざなりであるように聞こえた。

「千奈……あなた……」

自分が生み育ててきた千奈は、もう幼子ではない。「女」なのだと痛烈に認識させられ、千草が「母」として憂い、同じ「女」として敗北感に打ちひしがれる中。

ズボンとトランクスを脱ぎ捨てた成将が、相変わらず優しい手つきで千奈をそっと夫婦のベッドにいざないい、仰向けに寝かせる。

「……駄目……」

羞恥し自らの指を噛みながら、なおも父親の剥き出しの勃起ペニスから目を離さないでいる千奈が、再びおざなりな拒否をする。それが本意ではないと知ればこそ、成将は止まらず、娘の股の間に身を落ち着けた。

「赤ちゃんに、パパとして挨拶したいんだよ。だから、なっ。深く突かない、先っぽだけにするから」

「……う、ん……約束……ね」

本当は深く突かれるほうが好き——そう娘の瞳が物語っていることに、同じ性感帯を持つ、血のつながった母だからこそ気づいてしまった。

子の母である前に一人の女として愛されたい。それは千草が不妊治療に耐えながら成将に抱かれるたび思っていたことでもあったから。

自分が叶えられなかった妊娠も、成将の愛情までも独占する娘に、意図せず恨めしそうな目を向けてしまう。

「っもう……」

もうやめて——。よっぽどそう吐き出したいのに。

「……ッッ！」

逆に睨み返してきた娘。その、かつてないほどに鋭く突き刺さる視線に射貫かれて、委縮した。

（お母さんだって子作りには賛同したじゃない。お父さんにそう言うように仕向けられてたとしても、「お願い」って、そう言った。こうなるように、お母さんが仕向けたくせに！　今さら被害者ぶらないで！）

恨み返す娘の視線が、言葉以上に雄弁に語りかけてきたから。

「母さんに見られて、いつも以上に濡らしとるな」

成将の淫水焼けした逸物が、我が物顔で千奈の膣口に突き立った瞬間も。

「あぁ……♥」

嬉しそうにひと鳴きした千奈の膣が、易々《やすやす》逸物を呑みこんでいく、その時も。

「母さんに感じまくってるのを見せてやりなさい」

「あっやあぁ♥」

じきに指を絡め合い、口づけを交わしながら二人だけの世界に没頭し始めた、夫と娘。その二人の腰と腰が激しくぶつかっては、汗と蜜を弾け散らせる。

そうして撒かれた淫臭が、胸を辛く締めつけても。

（私には、もう何も言う資格がない。千奈に子作りを要請したあの日すでに、母である資格を失っていたんだから）

千草はただ座して、目も耳も自ら塞ぎ、夫と娘の交尾が終わるのを待つことしかできなかった。

そうして結局――、

「お母さん、ごめん、なさい……」

緩やかなペニスの抜き差しに喘ぎながらも、娘が悲痛に発した「ごめんなさい」を聞き逃してしまった。

4

学校が夏休みに入ると、父と娘は四六時中共に過ごすようになった。

性行為は、母体を気遣い緩やかな動きに限定しつつ行われるため、日ごとの回数は妊娠前と遜色ない。

(赤ちゃんができても結局、何も変わらなかった)

諦めを色濃くする千奈だったが、夏休みの宿題はコツコツとこなしていた。それがまだかつての日常にすがりついているようで自己嫌悪する。

どんな精神状態であれ、成将に触れられるとセックスへの期待と共に「気持ちいいこと、それさえしていればいいんだ」という安堵に心を委ねてしまう。それがまた事後にいっそうの自己嫌悪を招くという悪循環に陥っていた。

そんな淫堕な時間を三十日以上過ごし、夏休みも終わりに近づいた、八月二十九日、火曜日。

悠太の見ている前で種付けされたあの日から約三か月経ち、千奈の腹部はゆったりした服でなければ隠せないくらいにふっくらとしてきていた。

「マタニティ服とか、今後必要なものを買いに行こう」

いつものように寝室で一人娘と交わり、汗を流すため足を運んだ浴室でも交わり、それでもなお逸物を漲らせている成将が、服を着終えるなり出かける提案をした。

言われて改めて見ると、確かに彼は余所行きの格好――スーツ用の黒いズボンを穿き、半袖カッターシャツにたまの出勤時しか着けないネクタイを締めている最中だった。つまり、彼の頭の中では出かけることは決定事項というわけだ。

腹部の膨らみゆえに人目が気になる千奈としては外出を控えたかったが、父の説得をするのは無理だと早々に諦めがついた。

(私の意見が「はい」でも「いいえ」でも関係ない。いつだって、お父さんの意思が優先される)

それは、彼と性行為を始めた当初から。否――よくよく思い返してみれば、家族になった当初から、堀籠家の意思決定は父親が独占していた。

(それに、私とお母さんはずっと付き従ってきた。もう、私たちにはそういう形が染みついちゃってるから)

反抗するよりも諦めて従うほうが楽だと、考えてしまう。その情けなさを自覚しても、十年かけて根差した性根はもうどうしようもない。

また深い溜息が千奈の口から漏れ、命宿る腹部が小さく揺れる。

それからようやく重い口を開き、

「……うん。じゃあ、私も着替えるね」

小さい頃、そして子作りを始める前の自分を模倣するように。

不安も憂いも笑顔で隠し、返事をした。

5

ゆったりとした着心地の白ワンピースに身を包むことで極力腹部の膨らみを目立たなくした千奈が、成将に連れられてデパートを訪れたのは、同日午後一時過ぎのこと。

三百余のテナントを収容する県内一のこの施設の三階に、妊婦や乳幼児の衣類等々を取り扱う店舗がある。

千奈は案の定、人目を気にして成将の陰に隠れるようにして付いてゆき、成将は最短距離を選んで進む。その結果、十分足らずで目的の店を見つけ、二人は手を繋いで入店した。

「いらっしゃいま……せー」

親子ほど年の離れた男女の来店に一瞬ぎょっとした女性店員だったが、すぐに気を取り直し、営業スマイルで出迎える。

その前を悠然と過ぎた父親の背を追って歩みながら、千奈は内心不安で一杯だった。

(親子だって、思ってくれたかな……それとも、年の離れた夫婦って……)

こういう店に父親と来るなんて稀な例だろう。

だとすると後者と思われる可能性が高いのではないか。

年のいった男に孕まされた女――そう見られていると思うと、いっそうの羞恥が千奈を見舞った。堪らず視線を伏せ、再び父の背に身を張りつかせたきり、離れられなくなった。もう目的の品を探すどころではない。

「やれやれ。しょうがないな」

鼻から息を吐いた父が呆れたように呟いた後。

「おーい、店員さん」

ビクつく娘を尻目に声を張り上げ、高く掲げた手も振って、店員を呼んだ。

「はい、お伺いいたします」

返事をしたのは、先ほど出迎えてくれた女性店員だ。年の頃二十代半ばの彼女は、すっかり調子を取り戻したハスキーな声色と共に親子の前へとやってきた。

「この子のための、授乳用ブラジャーとマタニティショーツを探してるんだが。案内してもらえるかな」

「畏《かしこ》まりました。ご案内します」

淡々と告げる成将に、柔和な態度で応じる女性店員。

(私一人、気にしすぎてるだけ……？)

一時はそう思い、冷静になろうとした千奈だったが、父が思惑ありげな目線を寄こしてきた。それに首を傾げつつ、意を決して彼の右隣に身を移した直後。

父の逞しい手に、尻を撫でられた。

「や……ッ」

堪らず甲高い声が出て、女性店員を振り向かせてしまった。

「お客様？」

「あっ、な、なんでもありません。大丈夫……」

取り繕う娘を愛しむように、腰に回った父の手が抱き寄せる。「他人の目も憚《はばか》らずイチャついている」と受け取った女性店員が一瞬鼻白むも、結局また営業スマイルに戻り、それ以上何も聞かずに歩みを再開した。

(お父さんっ、今は、ここじゃ駄目だってば)

案内する店員の背を追いながら、目と小声で訴えるも、父はどこ吹く風だ。

(上手くやるから。お前は安心して感じなさい)

囁くが早いか再び彼の右手が、娘の尻をワンピースの薄布越しに襲った。

肉付きの良い尻たぶを好き放題撫で繰ったのちに、滑り落ちるように尻の谷間へと移動して、そこばかり執拗にさすりだす。

(やぁ、ん……ッ……だめぇっ、声、出ちゃうからぁ……)

娘のどこをどうすれば感じさせられるか、父は知り尽くしている。だからこそ必死に行為の中止を訴えた千奈だったが、その肉体は早くも恍惚の疼きに溺れていた。

店内の、少なくとも近くには自分たち親子以外の客が居ないが、前を行く女性店員に、いつ気づかれるかもわからない。

商品棚の陰から別の店員や客が急に姿を見せる可能性だってある。

（こんなことしてるのバレたら、変態だって思われちゃうんだよ⁉）

最悪の未来を想像して身も心も竦《すく》んだ――確かに一瞬竦んだが、それを凌駕する昂りが、千奈の胸と股間を支配していた。

――変態。父親と子供を作った変態。本当のことでしょ。

「……っ♥」

内なる自分が冷たい指摘をしてきて、ゾクリと背に被虐の悦が突き抜ける。

未だ摺りつく父の指を食むように、尻肉がキュッと引き締まって。

堪えきれなくなった腰が率先して摩擦を貪る動きに転じて、父を目でも楽しませてしまう。

（いいぞ千奈、その調子だ。お父さんはな、自慢したいんだ。儂の子を孕んだのは、こんなにもスケベで若々しいメスなんだぞってな、見せびらかしたいんだ）

満足げに囁いた父の右手が、今度は娘の右乳房を肩越しに掴んで強めに揉む。

「……ッッ、ゃぁ、ン……」

父の性分からして尻では足らないだろうと身構えていたおかげで、声だけは何とか押し殺せたものの、迸る恍惚の疼きはどうしようもない。

（あと何か月かで、ここから母乳を出すんだなぁ。待ち遠しくて堪らんよ）

耳元での囁きに小さく喘いだのも束の間。指の腹で乳首周辺をグリグリ押されて、痺れるような愉悦が千奈の胸先から腰のほうへと流れてゆく。

(最初のお乳は、お父さんにって約束させられちゃってるから……ごめん。ごめんね、私の、赤ちゃん……)

今日まで再三父に乳を吸われて味わった、痺悦と充足感。母乳を吸われる際はもっとそれらが強くなるのではと期待してしまっている自分を恥じ、胎《はら》の我が子に詫びた。けれど今まさに父の手によって施される恍惚は乳房内で溢れんばかりに滾っていて、じきにそれへの対処で手一杯となる。

歩きやすい靴を履いてきたおかげで、足がもつれるようなことはなかったものの、震えた内腿同士が擦れてなお余計な悦を孕む。

先だってイチャついた様子を見せつけられた女性店員がもう背後を振り向かないと決めこんでいることだけが幸いだ。

(店員さん。お願いだから振り向かないで。こっちを見ないで……!)

『千奈は本当に感じやすいな』『人の目があると燃えるだろう?』

切に願う千奈の脳裏に、父が頻繁に口にする二つの台詞が繰り返し再生される。

(お母さんや……高橋君。それに今日初めて会う店員さんのいる前でも……。私、本当に……嫌になるくらい感じちゃってる……）

父とのまぐわいの中で薄々勘づいてはいたものの、比較対象がないだけに確証が持てずにいた。

けれど初対面の人の前で尻や胸を愛撫され、それを嫌がるより先に感じ入ってしまう。他人の目を意識するほどに感じてしまう。

そんな破廉恥な人間はそういない――千奈なりの人生経験と常識に照らし合わせて「自分は稀有なほど感じやすく破廉恥なのだ」との最終判断に至った。

「こちら、マタニティショーツになります。授乳機能付きのブラジャーはあちら、向かい側にございます」

目的地に着き、説明のために女性店員が親子へと振り向いた。

ギクリとして背筋を正した千奈だったが、店内に冷房が効いているにもかかわらず火照った肌には汗が滲み、膝から下は小刻みに震え通し。愛撫を中断した父の手に腰を後ろから支えられているおかげで、辛うじてへたり込まずにいられる。

そんな有様の千奈を、女性店員は商品説明の間中、無視し続けた。同性ゆえ、声や態度から千奈の性的昂奮にとっくに気づいていながら、あえて素知らぬふりを決めこんでいる。

それでも、

「ありがとう。あとは自分たちで選んで決めるよ」

「はい。では失礼いたします」

成将に促されて去る直前。彼女は、汗で張りつく白ワンピース越しに千奈の腹部の膨らみへと、興味と軽蔑の混じった視線を突きつけた。

『人前でイヤらしく乳繰り合うような子。それに、こんな年の離れたおじさんの子供を孕んだあなたなんかに遠慮はいらないでしょう？』

実際には侮蔑よりも興味のほうが強い眼差しにすら妄想を広げ、被虐悦を孕んだ千奈の背筋を恍惚が駆け抜け。

「〜〜〜ッッ♥」

間一髪嬌声を噛み殺し、満悦に緩んだ顔を俯かせることで隠した。ふらついた足取りを、腰を抱いて支える成将がしっかりとフォローした結果。

女性店員は少し怪訝《けげん》そうな顔をしただけで去っていった。

「よし、千奈。気に入ったのがあれば何枚でも買うから。遠慮なく言いなさい。あとで気に入らんとなってもいかんから、じっくり選ぶんだぞ」

選んでいる間、儂はずっとお前の乳や尻を弄《いじ》り続けるからな——。

父が囁き、店員が見えなくなったのを確かめてから耳たぶを噛んでくる。

「ふぁ……♥」

千奈は、人目がなくなったことを確かに安堵した。

けれどその一方で、密かに性的高揚の一因が消失したのを残念に思ってもいる。

毎日欠かさず父に抱かれることで花開いた肉体。それに引きずられるように、心までも堕ちてゆく。

否応ない実感を抱いて、安堵からとも、喘ぎとも、嘆きともつかない声を吐く。

道すがら一度も触られずじまいだった女性器が、焦れに焦れて漏らした蜜。それが染みて股肉にべっとりと張りつくショーツを、一刻も早く穿き替えたい。

そんな思いに駆られて股をモジつかせた娘の耳に、父親は新たな提案を持ちかけるのだった。

6

買い物を終えて店を出た千奈と成将は、同じ階にある多目的トイレ——身体が不自由な人や高齢者、乳児連れの親などのために用意されている、バリアフリー完備で広めの個室トイレへと二人一緒に入室した。

「着て帰ると言ったら怪訝そうな顔をしとったな、あの女性店員」

個室に入るなり成将が、白ワンピースから覗く千奈のうなじへと視線を落としながら呵々《かか》と笑った。

父の言葉通り、購入した授乳用ブラジャーとマタニティショーツを着用済みの千奈は、穿き替えた下着を収めた紙袋を室内左側の荷物棚へと置きながら、思った。

店の試着室を借りる際『まだ母乳が出る頃合いでもないのに、なんで着て帰るのよ』と考えたであろう女性店員。

(あの人もまさか、同じフロアにあるトイレでお父さんに見せるために着ただなんて、思わないよね)

普通の人はそんな発想には至らないものだ。だから——提案をした父はもちろんのこと、聞かされて股間の湿りを強めてしまった自分も、やはり変態だ。

改めて思い知り唇を噛むも、興奮した乳頭が再勃起してブラカップに擦れ、恥ずかしさも悔しさもすぐにどうでもよくなってしまった。

普通でいたいという、かつての願いがもはや望むべくもない。そんな現実から逃げるように、千奈は胸先に迸った歯痒い疼きに心奪われた。

「さ、早く捲って見せてくれ。そのためのワンピースだからな」

出かける前、しきりに父がワンピースを勧めてきた理由を知り、その時すでに父の頭の中にこの計画があったことを知って、いっそう胸の疼きと股の湿りを強めてしまう。

（変態の私は、変態のお父さんに縋るしかない。もう、お父さんとのセックスなしの人生なんて考えられないの……）

それがたとえ、男に頼り生きてきた母と同じ道なのだったとしても。

日々与えられる中で、もはや新たな日常と化している父とのセックス。頼れる男に抱かれることで得られる安心感と多大な性的快感を手放そうなんて、微塵も思えない。

「あぁ、もちろん、お前のお腹を冷やさないためでもあるし、ゆったりした服でお腹を目立たせない、締めつけないからってのも理由だぞ。お前には無事に元気な赤ちゃんを産んで欲しいからな」

ワンピースにこだわった理由を複数挙げて、母子を気遣い、あやすように頭を撫でてもくれる父。その如才ない優しさがいっそう離れ難い思いを千奈に抱かせた。

——若い娘を抱きたいがための方便よ。

心の中でもう一人の自分が冷たく言い放つも、「それでも構わない」と千奈は思った。

(女としてでもいい。ううん、むしろそのほうが……。お父さんが、私を欲しがって くれてる。そう思うと身体が火照って……お父さんにエッチなことしてもらわなきゃ 収まりがつかなくなるんだもん)

そうなることを求めてやまない自分に気づいた時に、「普通」への諦めはついた。

「千奈はお父さんの孕み妻だろう？　だったらその証拠を、孕んで膨れたお腹を、今 ここで見せなさい」

蓋の閉まった便器に腰を下ろすことで目線の高さを妊婦腹に合わせた父親が、強め の口調で急《せ》かしてくる。

肉体関係になる前であればビクついたであろう、その叱るような言い様にさえ逞し さを感じるようになった自分は、やはりもう身も心も彼のもの。

(お父さんの孕み妻として、生きていくしかないんだ)

すとんと腑に落ちた気がして、一気に心のわだかまりがなくなった。

「……外に聞こえたら恥ずかしいから。……あんまり大声、出さないでね」

「ああわかった。だから、ほれ、早くっ」

正面に立って告げる娘に対し、鼻息を荒らげ、目を少年のように輝かせて催促する 父の姿は似つかわしくないのと同時に愛らしい。

初めて父にそのような感情を抱いたことで、千奈の表情もまた初めて、子を慈しむ母のそれに近い慈愛に満ちたものとなる。

娘の初めて見せる表情に見惚《みほ》れた父が再び、「早く」と短い言葉で急かしてきた。溢れた思慕にも急き立てられ、千奈の両手がワンピースのスカートを摘まんだ。四肢が緊張に震える一方で、期待に憑かれた女陰《じょいん》が湿った熱を新たに孕み、モジモジと腰をくねらせる。

「それじゃぁ……いく、ね……」

娘の声掛けに合わせ、生唾を呑んだ父の喉が鳴る。その生々しさにいっそうのときめきを覚えつつ、震える手で千奈はスカートを少し、また少しと捲り上げていった。

「おお……！」

ふくらはぎ、膝に続いて太腿が覗いた段階で歓声を上げた父。すでに荒々しいその鼻息が、千奈のふっくらした下腹部を完全に覆うマタニティショーツを見た途端、ひと際荒ぶる。

「堪らん。堪らんなぁ。儂の子が居る腹が目立ってスケベだぞ、千奈ぁ」

普段穿いている物と比べてかなり布面積が多く、ベージュ系の色で、飾り気もない。一見して色気など感じないはずの妊婦用下着に、覿面《てきめん》に喜んだ父。

便器に座る彼の股間は、ズボン越しにも丸わかりなほどに勃起していた。

「そ、んな食い入るように見られたら……恥ずかしいよ……」

身を乗り出して観賞する父の熱視線にあてられ、言葉と裏腹に娘の表情にも喜色が滲む。

鳩尾《みぞおち》の高さまでスカートを捲ったまま、父親の股間の膨らみを見つめ返しては、腰がモジつく。

その姿を見てなおいっそう鼻息荒らげた父がさらなる要求を突きつけた。

「よおし、次だ。次はワンピースを脱いで、ブラジャーのほうも見せるんだ」

個室の中とはいえ公共の場で下着姿になれと告げる父の目は、いよいよ爛々《らんらん》と輝き、肉棒が今にもズボンを突き破るのではと思うほどに張り詰めている。

(お父さん、あんなにおちんちん膨らませて。見たいんだ、私の……おっぱいあげるためのブラジャーを着けたところ……いやらしい目でたくさん見たいんだ……!)

いつしか父に劣らず鼻息を荒らげていた千奈の瞳もまた煌めき、せっかく穿き替えたばかりのショーツの股布部分に新しい染みが出来上がる。

抑え難い期待に駆られたことで、にこやかながらも、かつてとは違う淫蕩さを保った笑顔も晒す。

「うん……今脱ぐから。待ってて……ね……？」

すでに鳩尾まで捲っていたワンピースを手放し、一旦元の状態へと戻したのち、焦れた父の挙動を楽しみながら、白い衣装から左右の手を引き抜いた。

「まだか。ああ畜生《ちくしょう》。じれったいなァ」

ぼやきつつも、父は焦れることを楽しんでいる。ズボンの前の膨らみを己が手で擦り出しているのが、何よりの証拠だ。

そんな明け透けな父に喜んでもらうため。内側からワンピースを摘まみ、少しずつ手元に巻き取るようにして、たくし上げてゆく。

（ああ、見てる。お父さんの熱い視線、感じる……！　今、太腿を舐めるように……や、ぁ……ショーツにもまたぁ……お、おへそまで⁉）

再度姿を見せたマタニティショーツを、染みの浮いた割れ目部分中心に視姦される。まるで舐りつくような父親の視線のねちっこさに、千奈は身も心も躍るのを実感した。堪らず表情が蕩け、熱い息を吐いた矢先。今度は妊婦腹を視姦され、臍の奥がキュンとした。

（あ……今の、きっとお腹の赤ん坊にも聞こえちゃってる……）

恥じらいと悦びがない交ぜになって襲来し、ますます身を火照らせた千奈の手が、いよいよ胸のすぐ下までワンピースをたくし上げたところで一旦停止した。

ごくんと父の喉が鳴ったのを聞き、それでも急かさない彼の「焦れを楽しむ姿勢」に寄り添えていることに満足して、千奈はいっそう淫らな微笑を浮かべる。

「あんまり大きな声は、駄目だよ……？」

個室は中から施錠しているが、いつ誰が利用しに訪れるかもわからない。淫らな声が漏れた場合、聞き耳を立てられる可能性だってあるのだ。

そうなった時を想像すると、女体の胸と腰が熱くなる。それでも。

「ああ。もちろん。約束する」

頷いた父の頼もしい口ぶりに安堵する。

その褒美とばかりに、千奈は一気に胸の上までワンピースをたくし上げた。

「ほぉ……！」

感激した父の吐息。その熱量が伝わったかのように、露出した授乳用ブラジャーの内で乳肌も火照る。

授乳に際してカップ部分がボタンで付け外しできる以外は、通常のブラジャーと同様。かつ、ショーツと同色で飾り気もない実用一辺倒のブラジャーに、父の視線が集中する。先ほどのショーツ同様、舐り回すように眺めては、何度も生唾を呑む。その都度、父の股間の膨らみも脈打っているのが見て取れた。

（……おちんちん、いつも以上に膨らんでる……？）

新鮮なシチュエーションが、そうさせているのか。

ならばと千奈も唾を呑み、とうとうワンピースから首を抜く。

脱ぎ終えたワンピースは畳んで、荷物棚の紙袋の隣に置いた。

その際、前傾姿勢となった千奈の授乳用ブラジャーの膨らみへと、父の顔が近づいて鼻息を吹きかけた。

「ひゃっ♥」

「わはは。やっぱり千奈は敏感だなぁ」

悪戯っ気たっぷりの父の笑顔に毒気を抜かれ、怒りなど湧きようがなかった。

「どれ」

荷物を置き終えて元の位置に戻りゆく愛娘を追って腰を上げ、正面に立った父。面と向かうことでいっそう目立つ彼の股間の膨らみに、目を奪われていたから。

彼自らがベルトを外してズボンとトランクスを下げる、その所作に対して期待しか抱けなかった。

（だって早くあれに……熱くてカチコチの、お父さんのおちんちんに触れたい……）

熱視線を注ぐ愛娘の期待に違わぬ逸物が、露出するなりブルンと跳《は》ねて、持ち主の腹部へと張りつく。それほどまでに欲をたっぷり詰めて漲り、反り返る男性器に千奈は骨の髄まで魅了された。

「触ってみなさい」

自身は早々にマタニティショーツ越しの下腹部——我が子の宿る膨らみを撫で始めた父が指令を下す。

千奈は、無意識のうちに逸物へと手が伸びかけていたことに、父に声をかけられ初めて気づいた。

(なんて、はしたないの)

けれど、今さらだ。

店の中で尻や胸を触られ感じ入っていた自分が、不特定多数の目に孕み腹を見られ邪推されることを思っただけで乳首を勃たせていた自分が、この期に及んで何を恥じらうのか。

そう腹をくくってしまえば、驚くほど簡単に羞恥は吹き飛んだ。

施錠された閉鎖空間に頼れる父と二人きりという状況も、積極性に拍車をかける。

「……ッ、あ、熱……」

おずおずと、けれど多大なる期待をして千奈は逸物の幹に手を添えた。膣で触れ合うのよりもダイレクトに伝わる熱量に、まず驚かされる。次いで、硬い芯棒を弾力に富んだ肉と伸縮性のある皮膚が包んでいる、不可思議な触感に心奪われた。

「どうだ？　それが、いつもお前のま○こを愛してあげているちんぽだ」

「ちん……ぽ……」

卑猥な響きを復唱する。それだけで胸がキュンとなり、股の湿りが増した。

（この熱くて硬くてグニュグニュするものが……毎日何度も、たくさん擦って私を気持ちよくしてくれてる……）

溢れた愛しさそのままに、そっと肉棒を撫でさする。

「おっ……いいぞ、そうやって最初は優しくな……。大事に育ててきたお前が、手コキしてくれてると思うと、それだけでイケそうだ。父親冥利に尽きるわい」

肉棒への刺激は微々たるものだが、父は感激の声を上げてくれた。

「十代のピチピチ娘が中出し種付けくらいまくって、父親の子供を孕んでくれたんだもんな。これほど嬉しいことはない。ありがとう。嬉しいぞ、千奈」

父からの感謝と喜びの声を受けて、娘の心と身体は嬉々と弾む。

（最初はあんなに怖かった。嫌……だったのに）

今では父との性交を心ゆくまで楽しんでいる。毎日の行為の最中、胸に巡るのは愛しさ一色だった。

(毎日気を失いそうなくらい気持ちよくしてもらってる、おちんちん……だから……今日はそのお返し。お父さんを、私が……気持ちよくしてあげる)

感謝の気持ちをこめた逆手で、肉棒の裏筋を撫でさすってゆく。

「おお、いい子だ。千奈は本当に、父親想いのいい子だなぁ……」

教えるまでもなく肉棒の感じる部位を愛でだした娘に目を細め、うっとりと息を吐いた父。彼の太い手がまた頭を撫でてくれた。父にしてみれば毎度の褒美。

だがその明確な愛情表現が、千奈にとっては泣きだしたくなるほど嬉しかった。

「ほら、先から汁が染み出てきただろう。それを潤滑油にして、ちんぽを擦るんだ」

言われた通り左手で父の尿道口から滲み出てきた先走り汁を掬う。ネトッとしたそれを幹に塗りこんでから千奈が右手で肉棒を握り締めると、父はまた嬉しげに目を細めた。

(あ、また……ドクドク、おちんちん高鳴ってる)

喜悦を示してくれているのだと思うと、愛しさが無限に湧いてくる。

「そしたらしっかり握って、上下に扱く。さ、儂のちんぽをもっと悦ばせてくれ!」

強めの口調で父が告げるのは、気持ちよさが我慢できなくなっている時だ。長く身を重ね続けたおかげで察せたが、手の内の肉棒の反応からもそれは明らかだ。

「うん……痛かったら、言ってね……？」

娘の処女を奪う際の父にはなかった気遣いを、今、娘である自分が父にしている可笑《おか》しさを思いつつ、先走り汁に濡れた肉幹を軽く握り締めたまま上下に扱き立ててゆく。

塗りこめた先走り汁がクチュクチュとイヤらしい音色を奏で、肉棒の包皮が千奈の手の動きに合わせて上下に伸び縮みする。

「おっ、おほぉっ……気持ちいい、いいぞ、千奈。上手だぞぉっ」

その都度、開き通しの口から息吐くだけでなく、荒い鼻息まで吐いて父が悦びを示した。娘の手中にある肉幹は、根元から迫《せ》り上がる喜悦をそのまま鼓動にして放ち続け、カリ首をキュッと絞めてやれば呻くようにさらなる喜悦――先走り汁を絞り出す。

（ああ、お父さん。悦んでくれてる。私の手で、悦んでくれてる……！）

感激した娘の手は、いつになく積極的に父の性感帯を責めることに熱中していった。

右手で竿を扱く傍ら、左手のひらを亀頭に被せて丸みに添ってまさぐった。

「くぅっ、教えてもないのに、ちんぽの感じるところばかり責めおって。やっぱり千奈にはスケベの才能があるぞぉっ」

娘の手の内で嬉々と弾み、また新たな先走り汁を吐き散らした逸物。言葉以上に悦を示すそれに対し、愛しさ溢れた娘の手つきはいっそう熱烈になっていった。

『安定期に向けて、そろそろ生本番は控えんといかんか』

（昨日の夜、お父さんにそう言われた時はホッとした。これで流産の危険性も下がる。この子を産んでしまえば、もうこんなことしなくて済むんだって）

けれど父とのセックスがなくなる――その事実に、じきに身体が、少し遅れて心も悲鳴を上げた。

『だが安心しなさい。代わりに、生本番以外のいろんな技を仕込んでやる。口でも胸でも、もっともっと気持ちよくなれるようにしてやるからな』

（そう言ってもらえて……嬉しかった）

新たに教わることでも、上手にやればその分「気持ちよさ」で返してもらえる。

父と関係を深める中で学んだその事実が、今まさに千奈の積極性を後押ししていた。

「小さい頃は手を繋いでってよくせがんでいたお前が、今はちんぽを握って放さないんだからな。ああ……堪らんなぁ……！」

今も期待にときめいている胸。授乳用ブラジャーに覆われたその手に余る膨らみの、乳頭部分ばかりをカップの上から摺り扱いてくる、父。

自ずと腰を振るい、肉棒への摩擦も強め、身を寄せて熱い吐息を娘の耳裏へと吹きかける父。

「やっ、あンッ……あァ……胸、切なくなっちゃうよぉ……」

下着越しなせいで胸への刺激がぼやけ、歯痒さを募らせた乳頭が堪らずブラカップを押し上げるほど勃起した。するとすぐに父の指が、その勃起乳頭をブラカップごと摘まみ捏ねてくれ――痛切な甘露が迸り、女体全体に波及していった。

「なれなれ。好きなだけ喘いで聞かせなさい。やらしい千奈の喘ぎ声をパパだけでなく、外を歩いてる連中にも聞かせてやれ」

言葉にすることで、公共の場で事に及んでいる現実を改めて突きつけ、娘の被虐悦を煽ることも忘れない。

「……い、意地悪……ぅっ。あ！　やぁっあああ……」

乳首を抓られながらこぼした千奈の声が、甘え媚びるような響きであることに喜んだ父。その大きな手のひらが、今日もまた愛娘の頭を優しく撫でた。

(意地が悪くて、でも頼もしくて、時々優しいお父さん。……嫌いになんて、なれないよ。意地悪されても、後で必ず褒めてくれるの。だから……私は……お父さんのことが……好き、なの……）

とうとう自覚したが最後。慕情は怒涛の勢いで溢れだし、止めようもなくなった。尿道口から漏れ出る汁を掬っては幹に絡め、熱意のこもった手つきで扱き立ててゆく。汁気が増し、かつ攪拌されたことでグチュグチュと卑しい音色が鳴り響くたび。子を宿す腹部がマタニティショーツの内で熱を孕む。肉棒に負けじと蜜に湿った淫膣が、蒸れに蒸れて嬉しい悲鳴を上げていた。

「おォ……ま、待て待て！　手コキだけでイクのはもったいないからな！」

珍しく先に音《ね》を上げた父――娘の妊婦姿にそれほど昂奮しているということだ――。その娘の手を慌てて引き剥《は》がした父が、自身の腹に張りつくほど反り勃った逸物を見せつけ、新たな指令を下す。

「次はその可愛いお口で咥えるんだ。儂の前に屈んで、ちんぽをしゃぶってくれ」

「お口、で？　……ッあぁ……♥」

処女を散らされた後に無理矢理させせられたのを皮切りに、口で咥えたことはこれまで数えきれない。だがどれも事後の掃除名目であり、勃起状態の肉棒に奉仕する形でのフェラチオは、これが初めてとなる。

かつては「小便をする場所を口に含む」忌避感が強く、眉をひそめての奉仕に熱が入ることもなかった——けれど今は、もう忌避感もない。代わりにただただ愛しさが溢れ、父に悦んでもらえるなら何でもできる。そんな想いすら抱いていた。

「お父さん、やり方……教えて、ね……？」

任せなさいと己が胸を叩いた父。その頼もしさに微笑を返してから、下着姿の身をしゃがませる。

するとすぐに鼻先に逸物が突きつけられた。

先走り汁に濡れたそれは強烈に生臭い。血管をいくつも浮き上がらせた幹と、淫水焼けして黒ずんだ亀頭部が脈打つたびびくねる様は、蛇を思わせた。

そんなグロテスクな外見と臭気に、千奈の胸は高鳴り通しだった。

(もっと近くで見たい。嗅ぎたい。早く、咥えたい……！)

「前に倒れないように、儂の脚を掴んで支えにしていいからな」

娘の切なる願いを察したかのようなタイミングで、父の助言が飛ぶ。

「……うん。ありがとう、お父さん」

心からの満面の笑みで、千奈が感謝の言葉を口にした。

それから靴の踵をわずかに上げてつま先立ちとなり、やや前傾姿勢ともなって、左右の手で父の太ももに掴まる。

態勢を整えた千奈が上目遣いに父を拝み、程なく阿吽《あうん》の呼吸で親娘は頷き合った。

「ほら、あーんだ千奈。あーん」

「あー……ん」

従い大きく開いた口腔内で、たっぷりの唾液に浸った舌先が期待に打ち震えている。一見してヌメリまくっているとわかるその淫穴へと、父自ら握った逸物の切っ先が角度を下げて向く。

「ン……ちゅ」

口腔は指示に従い開いたまま。亀頭が通過しようとした際、下唇だけではあったが愛情をこめてキスをした。

「はは。千奈は本当に父さんのちんぽ大好きだなぁ！」

(おちんちんだけじゃないよ。お父さんのことも……好き)

未だ声に出して告げていないこの想いを、いつ、どう告白しよう。一瞬頭を悩ませるも、直後に口腔内に突入した逸物の苦い味わいに意識を持っていかれる。

(……お掃除フェラの時にいつも味わってる、苦くて臭くて喉に絡むやつだ。いつの間にか大好きになってた、こってり味……)

父は娘がむせないよう細心の注意を払い、肉棒を差しこんでいった。

おかげで千奈は思う存分、間近で臭気を吸いこめた。娘の鼻息にそよいだ父の陰毛からも饐《す》えた牡の臭いが漂ってきて、それも千奈はたっぷりと吸いこむ。

「ふぅ、ンンン……ンッ♥」

瞳が蕩け、屈んだ安産型のヒップが感極まってフリフリと揺れた。それと同時に、ゆっくりと進んでいた逸物の切っ先が嬉々と弾む。

待ち構えていた娘の舌に裏筋を舐られて、亀頭がピュッと先走りのツユを吐く。そのぬるぬるとした舐め心地に、千奈の舌は早くも悦に入る。堪らず唾を飲んだおかげで、そこに溶け出していた牡の苦みととろみを喉でも味わうことができた。

(……もっと。もっともっとお父さんを味わいたい)

切に願い、頬張った逸物をチュッと吸った。

「頬と喉を窄めて、もっと強く吸いつくんだ」

父の指示に従いって思いっきり吸いつくと、逸物はいっそう雄々しく脈打って新たな苦み、とろみを口内に撒き散らしてくれた。

(やっぱりお父さんの言うとおりにしていれば間違いない。そうすることが一番、誰にとっても幸せなことなんだ……)

改めて実感する。

それから口内に溢れる苦みを啜り、返礼とばかりに肉棒の発射口に舌を這わせた。

「くっ、いいぞ。そこは舐れば舐るほど、お父さん気持ちよくなれるからな……ふやけるくらい舐り回しなさい！」

嬉々と話して娘の口腔のぬかるみに居座った逸物。その一方で、肉厚の手がまたよしよしと娘の頭を撫であやす。

父親の顔を覗かせながら、娘を牝として扱い、性技を仕込んでゆく。そんな歪な悦びに憑かれた彼の逸物にしゃぶりつく娘も、また。

（嬉しい……！　口の中も、お腹の中もお父さんの味と匂いで一杯にするね。赤ちゃんにも届いちゃうかな……）

胎内を父の種でマーキングされ続けた日々に勝るとも劣らぬ、身体の内側から父に染め抜かれる実感。「所有される」悦びにまみれながら、腹を空かせ乳児さながらの貪欲さで肉棒に啜りつく。

先走りのヌルヌルした触感と共に、火傷《やけど》しそうな熱量と肉の弾力とが舌先に伝わる。それは、屈んでいる腰の芯にもひと際の熱をもたらした。

堪らず淫尻がくねれば、マタニティショーツに包まれた妊婦腹も再び父の注目を浴びる。我が子として育てた娘が、我が種で孕み、胎を膨らませたそのうえで、肉棒を

しゃぶる。改めて背徳の事実を噛み締めた父の肉棒が、いっそう漲って、娘の口腔内を占拠した。

（やぁ……またお口の中でたくさん、お父さんの臭いの広がって……飲んでも飲んでも追いつかない。きりがないよぉ♥）

女として求められているのが、嬉しくて堪らない。娘の喉はいつしか亀頭に小突かれ始めていたが、もう嗚咽することもない。熱に浮かされたような面持ちで唇と頬を窄め、父の腰振りに従って出入りする逸物との摩擦悦をも楽しんだ。

「んふぅっ、ふっうぅッ、ぢゅっ、ぢゅりゅるるるるッ♥」

啜った端から嚥下する。先走り汁と唾液が掻き混ざった結果泡立ち、粘りも増した飲み心地に、千奈の胸と尻が疼きを溜める。それに導かれるまま。

「くくっ、そのブラはお乳を飲ませるためのものであって、そうやって乳首を抓るためにあるんじゃあないんだがなァ」

千奈は自ら授乳用ブラジャーの右カップをボタンから外し、露出させた乳房を右手で揉みしだいていた。

快楽に負けた身体が意識するよりも先に動いたのだ。そのため父に言われて初めて己が所業に気づき、千奈は羞恥すると同時にひと際昂った。

（ほら……我を忘れちゃうくらい、お父さんとのエッチは気持ちいいんだから。おちんちんをしゃぶってるだけで私は……こんなにも幸せになれちゃう……！）

自ら右乳首を摘まみ、引っ張り上げる。父に仕込まれた通りに痛みを快楽の糧《かて》とした乳首が、続けて指腹で捏ね繰ると引っきりなしに甘美を訴えだす。

「ふぅ♥　うぅ、んふぅっ、ンッツ、じゅちゅちゅちゅちゅりゅ♥」

口唇も一時として怠けてはいなかった。

ひょっとこに見えるほど頬を窄め、喉を絞って、抜き差しを速める父の腰遣いに対応する。下品な音が鳴るほど強く吸い立てると、父の腰が小刻みに震えだす。

肉棒の放つ脈動の強さと、先走りの量が増すにつれ、千奈の唾も後から後から湧いて出て——飲みきれなかった攪拌汁が、口の端から顎《あご》を伝い滴って、ポツポツとマタニティショーツに降り注ぐ。

「はは、赤ん坊を守るための下着が、ますますイヤらしくなっていくなぁ」

（うん。私……とってもイヤらしい）

腹部の膨らみを覆う部分にも、内側からの蜜によってすでに染みができている股布にも降り注ぎ、眺める父と千奈自身にさらなる昂奮をもたらした。

（おなかの赤ちゃん、こんなイヤらしいママでごめんね。……でも、そのほうがお父さん、悦んでくれるの。私も気持ちいいの、もう我慢できないから……！）

「そんな変態ママには、お仕置き……だな！」

右手で娘の後頭部を押さえ、左手でサイドテールを握り掴んだ父による、強制口淫《イラマチオ》が始まる。

（お父さんの腰遣い、種付けた時並みに激しい……！　でも……もうすぐいっぱい、白くて臭い、濃いのを出してもらえるってことだよね……嬉しい……！）

息苦しさや喉を突き上げられる辛さなど、多大なる期待感の前では気にもならない。

「んぐっ！　んぢゅううっ、おごっ！　んふっぅぅぅ、ぢゅッぢゅうううっ！」

勢いづいて往来する逸物の裏筋へと這った舌が、亀頭が通過する際には機敏に尿道口へと舐りつく。

強めっぱなしの吸引により嚥下した攪拌汁の、苦みが増している。父の我慢汁の量が増している、つまり、射精の時が近づいているということだ。

理解してなおのこと、千奈の吸引と舐りに熱がこもった。

グッポグッポとはしたない響きが口唇より漏れる中。自ら抓り上げた乳頭が切なげに震え、くねり通しの牝尻の芯がひと際熱を孕んだ。

舌と擦れる逸物がいよいよ切羽詰まった鼓動を響かせる。それを感知した瞬間から、お腹の小さな命が騒ぎだした――そんな気さえする。

「……ッそろそろ……出る……。出すぞ千奈！　思いっきり吸え！」

我が物顔で往来し喉を叩く逸物。その限界間近の脈動と熱量に、ただひたすら愛しさを覚えながら。

（はい。お父さん、言うとおりにします。ずっと従順でいるから……だから。たくさん出して。私をこれからもいっぱい、気持ちよくしてください）

母になる不安も、世間体への懸念も、すべて塗り潰して余りある肉の悦びを、これからもずっとください――。

希って舐り、縋るように肉棒に舐りつく。

「ぢゅっちゅうぅぅぅぅっ♥」

切ない鼓動を刻む肉棒の裏筋を、先約通りふやけるほど舐り回す。突撃してきた亀頭を喉で受け止め、苦しみを覚える間もなくカリ首を舐り啜った。窄めた頬からズゾゾと卑しい音色が響き、その振動すら男女互いの肉悦へと成り代わる。

「おおぉっ！」

感嘆の声を張り上げた父の腰が目一杯に深く突き刺さる。

「ふぐぅぅ♥」

喉を貫かれた女のくぐもった嬌声が、広々とした個室内に反響した。

その一瞬後に、白濁の飛沫《しぶき》が放たれた。

「飲めっ、一滴も零さず飲みきれ！」

吠えながら腰震わせた父の命令。

「んふっ、ンッ♥ ンンッ、ン……！」

それを受けるまでもなく、千奈の喉が鳴った。注がれる傍から飲み下すも、射精の勢いは苛烈で、息を継ぐ間もない。

父に後頭部を押さえられて密着状態を余儀なくされているため、そもそも鼻呼吸以外は不可能だった。その鼻呼吸すら、する間がないのだ。

酸欠に近い状況に追いこまれながらも、千奈の喉は精飲をやめなかった。

(苦しい……けど、飲み、たい……！)

左乳首を目一杯抓って痛みを迸らせる。それにより意識を保ち、さらなる肉悦を蓄えながら、肉棒ごと子種汁を啜り上げる。

「うぐ……っ！」

啜りの刺激にあてられて、また父の逸物が種汁を噴き、喉元に着弾したそれが、糸を引いて食道を滑り落ちてゆく。

　また身体の内側から父にマーキングされているのだと思うと、それだけで果てられそうなくらい淫膣がときめく。

（――お父さん、ありがとう）

　自然と目尻が下がり、精飲しながらも満面の笑みを捧げた。

　一瞬驚いたものの、すぐに支配者の顔に戻った父が腰を押しつけながら言う。

「……やっぱり、ここで一発ハメていくか。なぁ、千奈」

　有無を言わさぬ口調ながら、判断を委ねてくる。

　時同じくして肉棒が射精を終えた。

（大事な精子。味わって飲まなきゃ）

　口中になみなみと溜まった白濁液を、テイスティングするが如く舌先で転がし、堪能しつつ徐々に嚥下する。

　そうして、じっくりと飲みきった後。父の匂いに染まった口腔を、父の種汁の残滓を糸引かせつつ開いて、返答した。

「うん……♥　生ハメ、してください……♥」

　そうしないと、この身に蓄積した疼きは消えないだろうから。

　肉棒を引き抜かれた口中が、早くも物欲しさに悶えだす。

目の前で硬く反り勃つ逸物を欲して、膣の唇がよだれの如く蜜を漏らしている。

(結局もう、私はお父さんとのセックスなしじゃ駄目。生きてけない)

だからこうするほかないのだと、諦める一方で期待を孕み、心身を火照らせる。

「いい子だ、千奈」

顔を皺くちゃにして笑った父が、また頭を撫でてくれる。その優しさと、先ほどまで後頭部と髪を掴んで放さなかった我欲ぶりの、どちらが本当の姿なのか。

判別するのを放棄して、少女は自身を孕ませた肉棒へと愛情たっぷりのキスをした。

第四章　卒業式は臨月で

1

残暑で寝苦しい夜が続いた、九月の半ば。

二学期が始まって半月経っても、千奈はまだ一度も登校していなかった。

妊娠四か月目に入り、腹部の膨らみがゆったりした服を着ても目立つようになったためだ。

しかし、原因不明の体調不良という名目で成将がかなり強引に学校側を説得し、特例として自宅からリモートで授業に参加することを認められた。

午後三時過ぎ。

この日もリモートで授業を受け終えた千奈は、自室の勉強机に向かい、椅子に腰かけたまま。シャットダウンしたノートパソコンを閉じるや、着用するカッターシャツのボタンを外して前面を開けっ広げた。

長時間座りっぱなしの態勢はただでさえ妊婦に負担を強いるのに、制服の長袖カッターシャツを着用しなければならないのがなお辛い。

ゆえに開けっ広げた今、千奈は言い知れぬ解放感を妊婦腹と、同じく妊娠によりサイズアップした胸部に味わっていた。

下半身についてはそもそも授業中から解放されっぱなしだ。

リモートのモニターに机から上しか映らないのをいいことに、腹部を締めつけるスカートは着用せず、下はショーツ一枚で毎日――もちろん今日も、ついさっきまで授業を受けていた。

(お腹の子のためでもあるけど……いつ、見られちゃうかわからない。そう思うと、あぁ……♥)

人目を意識し高揚してしまい、平静を取り繕うのに苦労した。

それでも懸命の努力の甲斐あって、教師もクラスメイトも一人として妊娠に気づいていない。

かつて平穏な時間を共に過ごした仲間を騙しているようで心苦しくはあったものの、だからといって誰かに――親友である朋子にすら打ち明けるつもりはなかった。

『千奈の出産予定日は三月の頭か。ちょうど卒業式の頃合いだな。卒業式……すっかり腹の膨らんだ千奈が出席したら、みんな驚くだろう。こりゃあ見ものだぞ』

父から、そう告げられていたからだ。

悪戯を思いついた子供のようにはしゃぐ父が愛らしく映ったこともあるが、何より、父の思惑に従えば性的なご褒美がもらえる。そう察して千奈の心身も悦んでしまった。

だから心苦しさを覚えはしても、妊娠した事実は卒業式の日まで秘匿する。

(朋子ちゃん。みんな。……ごめんなさい)

小学校の頃から親友の朋子。父との種付けセックスを覗き見られて以降、顔も合わせてくれない悠太。今日もモニター越しに顔を合わせた、その他の級友たち。謝りたい相手の顔が次々に浮かぶ。

その一方で千奈は、級友たちとの日々を遠い過去の出来事のように捉えていた。アルバムの中の古く黄ばんだ写真の如く、記憶の中で色褪せた過去の遺物。懐かしく思いはしても、今を捨てて戻りたいものでは、もはやない。

父との艶めかしい日々が、ただ平穏を望み過ごしていた娘の心情を様変わりさせてしまった。

「お父さん……早く帰ってこないかな」

その父は今朝から珍しく出社していて、まだ帰ってきていない。

勉強机に向かい腰かけたまま、千奈はおもむろに後ろを振り返った。部屋の奥に設置されているベッドに目を向けると、そこで昨晩父と睦み合った記憶が次々蘇る。

(昨日も、凄かった……)

安定期前ということで挿入こそしなかったが、その分父はじっくり時間をかけて愛撫してくれた。

乳房や股座は言うに及ばず、尻の穴にまで舐りついて、新たな悦びを教えてくれたのだ。

もちろん千奈もお返しとばかりに、父の逞しい肉棒を味がしなくなるまでしゃぶった。それだけでなく、父の乳首を吸い、舐め転がし、尿道を穿るように舐るやり方も、乳房で肉棒を挟み扱く方法も、これまで教わってきた愛撫のすべてを、三時間余の性交の中ですべて披露した。

「ンッ……やぁ……」

早くも股根が疼きだし、当たり前に右手指を這わせてしまう。左手は乳房を、昨晩の父の手つきを再現して揉みしだく。

そうして、自慰の誘惑に妊婦少女が負けた矢先。

勉強机の隅に置いてあるスマートフォンが電話の着信を告げる。

デフォルトの着信音が鳴り響く中、慌てて手に取り、画面に表示されている相手の名を見た瞬間。右手指を這わせたままの股間がキュンとときめいた。

「も、もしもしお父さん？」

ボタン全開ではだけたカッターシャツの内側へと突っこんだ左手で、ブラジャー越しに乳輪を撫で繰り回しつつ、期待に震える声で相手の名を呼ぶ。

「ああ、千奈。今仕事終わったから。まっすぐ帰るからな。いつものように風呂の用意をしといてくれ」

いつものように。その一言に、ひと際の高鳴りを覚えた乳房が、さらなる刺激を欲して勃起する。早くも湿り始めた股座からは、這わせた指を動かすたびクチュクチュと卑しい音色が奏でられた。

（お父さんに聞こえちゃう）

そう思うと余計、指が止められない。

（イヤらしい私の、おま◯この音……聞いてお父さん。早く帰ってきて、また昨日みたいにたくさん舐って、吸って、穿って欲しいの）

連日身体を重ね、心通わせてきたからこそ、娘の想いは父に筒抜けだった。

「オナるのもいいが、程々にな。風呂で〝いつもの〟をしてもらわんといかんからな」

お腹の子も気遣ってオナるんだぞ——そんな優しい声掛けを置き土産に、父は電話を切った。

父が帰ってきてすぐ入浴できるように、風呂の準備をしなければならない。

けれど自慰を始めたばかりの指を止めることもできなかった。

「っあ、はぁ、あ……イイ……ッ」

父がしたように、ブラジャーのカップごと乱暴に乳房を揉む。

すっかり湿りきったショーツの内側へと右手を潜らせる。陰毛を掻き分けて進み、源泉たる膣口へとたどり着き、そのほぐれ具合を確かめるまでもなく、指二本。中指と人差し指を揃えて淫穴へと突き潜らせた。

「ンアッ、あっああ……お父、さん……お父さぁんっ……」

自慰の際には、必ず父の顔が思い浮かぶ。種付けする時の父の、猛々しくてイヤらしい顔が――。

愛しさを持って名を呼ぶほどに、女陰に迸る肉悦も勢いを増す。

だから何度も、何度も。飽くことなく父の名を呼んでは淫穴を穿る。

「やあっ、あっク……イクぅっ、お父さっ、ぁあんッ♥」

結局千奈は自慰で矢継ぎ早に三度果て。

浴室へと向かったのは、父との通話を終えてから三十分も経ってからだった。

2

幸い、父の帰宅前に風呂は沸いた。

帰宅した父を玄関で出迎えた千奈は「おかえりのキス」をしてから、いつも通り肩を抱かれて、共に浴室へと向かった。

「今日も授業中、いつパンツ一枚なのがバレれるか期待して、ま◯こ濡らしてたんだな？」

浴室に向かう道すがら、ニヤついた父から問いただされる。

腹がきついなら下はパンツ一枚で授業を受ければいいと、進言したのは父だ。その父ならば、問うまでもなく答えを知っている。

(私の口から言って欲しいんだ)

そういうことならば、できるだけ父の好む卑猥な物言いで告げたほうがいい。

わずかな思考を経て、娘の口が躊躇いもなく淫語を紡ぎだす。

「……うん。もし気づかれたら変態って思われる。軽蔑されて……でもそう思ったら、おま◯こが疼いて仕方なくって。イヤらしいおつゆで今日もパンツぐしょぐしょにしちゃった……♥」

人の目を意識して股間を疼かせたという娘の告白に、そうした性癖を植えつけた張本人である父は満面の笑みを浮かべ。道すがら何度も愛娘の尻を撫で、子の宿る腹を優しくさすった。

程なくして脱衣所に着き。

「事務処理で座りっぱなしだったからな。今日はちんぽも蒸れ蒸れだぞ」

「私のほうは……いつも通り、かな、ううん……今、お父さんのおちんちん見てたらまた、濡れてきちゃった……」

互いの裸を眺めながらの脱衣を終えたのち。

勃起した肉棒を誇らしげに見せつける父と、濡れ湿った淫膣の割れ目を恥じらいつつも隠さない娘は、深い仲ゆえの臆面もない会話を繰り広げ。

浴室に入る前にまたキスをした。

「早速いつもの、やってもらおうか」

全裸で浴室の椅子に腰かけるや、父が催促をする。

「……うん。じゃあ、いくね……」

同じく全裸の胸と腹部——細身の中にあって特に膨らんだ部位に石鹸の泡をつけた

千奈が、父の背後に回りつつ告げた。

それから目の前の背中にそっと、泡立った胸と腹を押しつける。

「おほっ、これだこれ」

ぎゅっと押しつき潰れた乳肉の柔らかさと、そっと押し当てた腹部のパンパンに張りつめた触れ心地。どちらも泡立った石鹸を介することで父の背中に吸いつき、感触を鮮烈に伝えた。

毎日欠かさず味わっていながらも、父は喜色満面。己が育て、孕ませた愛娘の「孕み妻」の証たる腹と、妊娠後一回り大きくなった乳房で背中を擦ってもらうという状況に酔い痴れている。

「腹ボテ娘に背中を流してもらえると思えばこそ、今日も仕事を頑張れたんだ」

声にも滲む喜び。それを毎日聞くのが、娘の喜びともなっていた。

父のすぐ後ろに屈んだ千奈は、胸と腹を使って丁寧に彼の広い背中を磨いてゆく。

「あ……っ、ンふ……」

上から下へと磨く中で幾度も乳首が擦れ、その都度甘痒い衝動が女体に迸る。

それもまた恒例であり、今日も父は娘の乳首の勃起ぶりと甘い声音に目を細め、娘は父の背で乳首を擦っては艶めかしい声を我慢せず漏らし続けた。

「ふぁっ、あっ、あぁ、アン……お父さんの背中、広くて……好きィ……」

すでに乳頭は完全勃起し、コリコリとした触感を備えている。それゆえいっそう摩擦を強く感じ、悦を貪った分だけ、千奈の囀《さえず》りは甲高くなった。

孕んだ腹も嬉々と震え、その震えが下腹部から腰へと伝染して、堪らず牝尻がくねる。そのたびに、股座に滴る蜜が振り撒かれた。

「背中を擦るだけでイクんじゃないぞ」

釘を刺す父の股間で、逸物が反り勃っているのが垣間見え、それだけで千奈は絶頂を手繰《たぐ》り寄せそうになった。何とか堪え、擦るのも止めて父の背にただ抱きつく。

そうしていると子供の頃に戻ったようで安心できた。

(お腹の中の子供も、安心してるみたい……)

腹の膨らみを預けることで身が軽くなったのを、そう勘違いしただけなのかもしれない。

しかし千奈自身は「子供の父親であり、自らの父でもある人に支えられているから」だと信じて疑わなかった。

「……よし、じゃあ流してくれ。そのあとはいつも通りに、な」

含みを持たせた父の物言いに期待して、目と股を潤ませた娘が従った。

シャワーで父と自身に付着する石鹸の泡と汗を洗い流す中、千奈は待ちきれずに幾度となく尻を振った。

(まるで、飼い犬が尻尾を振ってるみたい)

内心の自嘲が被虐悦を呼びこみ、抗いがたい疼きは、じきに上半身へと波及する。シャワーを浴びている乳房も恍惚に震え、乱れた水流が父の背を叩く。

「おいおい、大丈夫か?」

父は心配する言葉を発しつつも、すべてお見通しといった感じのニヤつきを口元に浮かべていた。

「よし、それじゃあ交代だ。ご苦労だったな千奈。さ、座って。今日もお父さんがま○こ綺麗にしてやるぞ」

「はぁ、ぁ……っ、う、ん……♥」

父に代わって椅子に座った千奈は、言われるまでもなく両脚を開いて、父の巨体が屈むためのスペースを設ける。床に這いつくばった父の顔が迫って来ると、股間をやや突き出して彼が舐めやすいようにもした。

毎日こうして、舐ってもらっているからなのか、性器を間近に晒す羞恥はたやすく恥悦へと転じるようになっていた。

「物欲しそうにヒクつかせおって。今、舐めしゃぶってやるからな」

「ふぁっ」

舌舐めずりした父の鼻息が、数センチ先で待ちわびる娘の陰毛をそよがせて、くすぐったさに女体が悶えた直後。

チュッとまるで接吻のごとき音を立て、父の口唇が娘の股唇へと吸着した。

「あ！　あっ〜〜〜っ♥」

溢れていた蜜ごと啜られ、陰唇が引っ張られる。その振動に打ち震えるさなかに、父の舌が襲来し、隅々まで舐り回してゆく。

『お父さん、千奈の感じるところは全部知ってるから。いっぱい気持ちよくしてやる。好きなだけイって、いいからな』

初めてクンニされた時に言われた言葉が思い出される。

「うん、ッア、う、んふぅぅっ」

千奈は何度も「うん」と言い、椅子の上の腰をくねらせてはさらなる快楽をねだってみせた。

（お父さんのおちんちん何度も、数えきれないくらい受け入れてきたから……私のおま◯この中、もうお父さんの……ちんぽの形になっちゃってるの……）

――ちんぽで散々したように、思いっきり突いて。私の中、掻き回して。

切実な願いのこもった娘の下目遣いに、ニヤリと笑んだ父。

これまで幾度かあえて焦らしたことのあった彼も、今日は飢えていたのか、娘の願いを聞き入れて早速舌を膣口へと突き刺した。

「ふぁぅッッ♥」

待ちわびてうねりまくっていた膣襞が、粘つく舌と擦れたそばから痺悦に溺れる。

(そうっ、こうやって、あァ……おま○この中いっぱい穿って欲しかったの)

父は深々突き立てた舌を器用に操り、膣襞を捲り舐っては新たな蜜を染み出させる。

そうしてじきに膣内を満たした蜜汁は、膣口にべったり張りつく父の口唇に啜られ、飲み干されてゆく。

「んぐ、んっ、んぐっ、ぷはっ、千奈のま○こ汁は今日も、ンまいッ」

普通の女の子であれば、こんな褒め方をしたところで喜ぶはずがない。

けれど父の子を孕んだ娘にとって、その孕み穴が分泌した汁への称賛は、自尊心と肉欲を同時に満たすものだ。だから、この上なく嬉しかった。

加えて蜜を啜る時の振動が、膣襞や陰唇を震わせては恍惚を与えてもくれる。

「ひもひいいか、ひは？」

気持ちいいか、千奈――そう、膣に口づけたままのくぐもった声で父が問うてくる。発声による振動も加わって、いっそうの煩悶が女陰に駆け巡った。

「あっああ、いいっ気持ちいいよぉっ、お父さっあぁンンッ」

返事に満足した父が再び啜りつき、喉を鳴らして蜜を飲む。

(私のイヤらしいおつゆが、お父さんのお腹に……。お父さん、すごく嬉しそうに飲んでくれてる……。嬉、しい……！)

父は娘の痴態を愛で尽くし、娘はそんな父を愛してしまっていた。

啜りつく父の頭を、いつも父がしてくれているように撫であやすと、返礼とばかりに膣内への舌の出入りが激しくなる。

入り口付近の膣壁をつついては喜悦を蓄積させ、堪らなくなった穴の奥が収縮したのを見計らって突き潜る。そうして狭まった膣壁を擦り上げ、より峻烈な疼きを孕ませていく。

(種付けした時のおちんちんと同じ。こうやっていっぱいおま○こを気持ちよくして、堪らなくなった子宮が降りてくるのを待ち構えてる……)

肉棒ほど長くない舌が子宮に触れることはないだろうが、それでも父に任せておけば気持ちよくなれるという絶対の信頼感が、ひとしおの期待を抱かせる。

「れぢゅうっ、ずぞぞっ、ぢゅずうっ、ぢゅちゅりゅりゅりゅりゅっ！」

「ああっあ、あぁぁッ、イク……もう、イッちゃううぅうっ」

父の逞しい両手に腰を抱えられ、安心感と喜悦を同時に孕んだ膣肉を舌で穿り回されるたび。雷撃めいた痺悦が女の芯に突き刺さる。

小刻みな震えに見舞われている娘の内腿を撫でさすってから、父の舌が抜けていく。もうじきイクと告げたから。ひとしきり啜って満足した父は今さら焦らしに転じたのだと理解して、女陰がこの上なく煩悶する。

「は、あァァ……やだ、やめちゃ、やだよお父さん……おま○こ切ないの……」

父好みの卑猥な名称を用いて訴えかける。そんな娘の涙ぐみ喘ぐ様と、刺激を失って卑しくヒクつき蜜漏らししている膣穴。顔から股の順に眺めて、我が意を得たりとばかりに父は頷いた。

「そう焦るな。まだおま○こ洗い始めたばかりだろう」

語りながら右手の指をクイクイと動かす様を見せつけてくる。

「あ……あぁ……♥」

それで彼の意図を察した娘は、堪らず火照った吐息を漏らすのと同時に、いっそう股を湿らせた。

（今から手の指で、おま○こを穿ってもらえる。たくさん、たくさん……！）

そして今度こそそのまま、絶頂へと導いてもくれるはずだ。

これまで積み重ねてきた経験に基づく確信めいた期待が、早くも膣襞に挿入物を搾る動きをさせる。

「よしよし、今、入れてやるぞ」

娘の期待通りに告げた父の右手人差し指と中指。揃ってピンと伸びた二本が、膣口へと指先を突き立てた。

くちゅ、とイヤらしい水音が聞こえたと思った次の瞬間にはもう、指二本が膣襞を捲りながら中に侵攻を始める。

「あッはっうぅ……ッ、ンふぅッあああッ♥」

襞を擦られるたび、痺れるような愉悦が迸る。先の舌愛撫ですっかり蕩けきっている膣肉が、鋭敏に摩擦悦を貪っては新鮮な蜜を吐き散らかしていた。

（お父さんの指、好き……おま○この中の気持ちいいところ、全部……全部知ってて、グリグリって……ちょうどいい強さで穿り回してくれてる……♥）

挿入時には揃って突き入った二本の指が、挿入後はそれぞれ違った動きをし、別々の部位を押したり、捏ねたり、掻いたりと、多彩な愛撫を披露する。

千奈は、父の巧みぶりを再認識させられると同時に、己の性器がもうすっかり父に知り尽くされてしまっている事実に酔い痴れた。

（もう、おま○この中までお父さんのものなんだ。……当たり前だよね。だって、お父さんの子供、身籠っちゃってるんだもん。子供ができるまでたくさん、たくさんイヤらしいことして……）

自分の身体で、父の指や唇が触れてない場所など一片たりとも存在しない。全身どこをとっても父好みの、父のために在る女に、なってしまった。

そう安心と快楽を得続ける道を選んだことに、悔恨はない。

「お父さッあああっいっ、おま○こ気持ちいいよぉッ」

偽らざる本心を声に出して伝えれば、父はいつだって応えてくれるのだから。

「そうか、そうかっ。もっと穿ってやるから、好きなだけイキなさい」

もはや「膣の中を洗う」という体裁を掲げることもなく、より苛烈な、悦のみ追求したピストン運動を父の指が開始する。

指の抜き差しのたびヂュボヂュボと、攪拌された蜜が卑しい音色を響かせる。それに被さるように千奈の甲高い嬌声が浴室内に反響した。

「はひッイきます、わたしっ、お父さんの指でいっぱい、いっぱいイクからぁっヒッああああああっ♥」

絶頂の許しを得たことで心置きなく女体が悦の高みへと駆け上がっていく。何一つ我慢する必要のない解放感と、掻き回されるたび膣内に迸る痺悦とが結託して後押ししていたから。

「ひぁッあああっそれっ、好きィィィッ♥」

父は手首をひねることで、膣内の指をドリルの如く回転させた。それによる摩擦の悦が雷撃のように膣内を奔り抜け、背筋を上る。

気づけばまた今日も、千奈は自ずと両乳首を抓り、痛みと、直後から迸りっぱなしの痺悦を胸でも貪っていた。

(まだこのあとも何回も、お父さんの舌と指でイカせてもらえる)

これまで一度で終わったことなどなかったから、当たり前に二回戦以降を期待して、腹の内でとぐろ巻く快楽の塊に身を委ねる。

子の宿る下腹に力を入れ、膣を締めて暴れ回る父の指の動きをより峻烈に感知した。

椅子に座る腰は父の口元へと突き出したまま。背を後ろに反らし、サイドテールを揺らして随喜に浸る。よだれを零しながら囀り、潤み蕩けた眼で父を——快楽だけでなくすべてを与えてくれる男を見つめる。

（ああ、くる……頭の中を真っ白にする、凄いのがもうすぐっ）

腰の芯に刺さり続けた痺悦が、いよいよ結集して大爆発を起こそうとしている。確かな予兆を感じ、また喘ぐ。

そしてこの悦びを決して逃すまいと、膣襞がこぞって父の指を締めつけた。

「いいぞ、イケ！　儂の指をちんぽだと思ってそのままイケ千奈！」

指を締めつけながらも舐りついてくる膣襞の歓待に目を細めて、股間をギンギンに滾らせた父が吠える。そしてさらに抜き差しの速度を上げた指二本で、膣壁のスポットをこれでもかと突き捏ねる。

「ふぁっあぁっあぁあぁあぁああぁあ♥」

父の指が刺さるたびに、千奈の視界は白熱に覆われ、椅子に座る腰と、父の両脇に伸ばした脚に痺悦の波が駆け巡る。それによって痙攣し続ける足の先が、いよいよ目前に迫った至悦の瞬間を察知してピンと反り返った。

「ぢゅッ！　ぢゅちゅううううっ！」

膣が忙しない蠕動をし始めたことで、娘の絶頂が近いのを悟った父。その口がニッと笑んだかと思うと陰唇を舐り、指に掻き出され溢れていた蜜を啜った。

そしてそのまま膣の割れ目に添って舐り上がっていく。彼の舌の行き着く先がどこなのか、すぐに気づいて娘の女芯が盛り狂う。

父の舌が近づくにつれて、ひとしおの疼きが皮被りのクリトリスに注がれる。

「お父さ、あッ、あァッ吸ってぇぇぇっ」

そうすればより強烈な絶頂に及ぶことができる。恥も外聞もなく叫んだ娘の願いを裏切ることなく、まっしぐらに襲来した父の口唇がクリトリスへと齧りつき。

「ひあぁ♥」

短く、高く喘いだ娘の恍惚ぶりを察しながら、クリの包皮を舌で剥いてゆく。剥けるにつれて敏感さを増すクリトリスを絶えず舐り転がしながら、強く吸い立ててくる。

そうして、吸われて引き伸ばされたクリトリスが随喜の痺れで満たされた瞬間。

「ひゃめっ、噛んじゃあっ」

(噛んで！　いつものように強く歯を立てて噛んでぇぇぇっ♥)

強すぎる快楽への恐れが声となり、期待が膣の締まりとクリトリスの最大勃起という形で父に示された。

「イケッ千奈！」

痙攣し続ける膣肉を再び右手の指二本で乱暴に掻き混ぜながら。

娘の望み通りにクリトリスに歯を立て噛んでみせた父。

その咆哮が、咥えられたクリトリスのみならず淫膣の奥にまで轟いて――。

「ひぐっ！　あああっ♥　イクぅううううぅぅぅっ！」

けたたましいイキ声に負けぬ勢いで、膣が潮を噴く。

そのさなかにも父の指は激しく膣内を行き来して、知り尽くしている性感帯を突き、穿り、掻き回しては絶頂を長引かせようとした。

「んぐ、んッ……ぷはぁっ。いつもながらお前の潮は量が多いな。だが、美味いぞ千奈。愛娘のイキま◯こ汁、最高だ！」

父は褒めながらもクリトリスを噛むのをやめない。

その衝撃に打ち震えて娘は早々の再絶頂に至り、延々と父の口内に蜜を注ぐ。

「ひぐぅっ、また、あぁっ、イクぅぅぅぅっ♥」

似合いの二人の嬌態が浴室入口のすりガラスにシルエットとなって映りこむ。それを外側やや離れた位置から見つめる影があった。

影の主は、父の戸籍上の妻であり、娘の母である千草。慟哭《どうこく》を押し殺し、諦めを濃くした結果、能面のような無表情となった彼女の影に気づくこともなく、父と娘は互いを貪ることになお熱中する。

「次は授乳の練習がてら、乳をたっぷり吸ってやろうな」

初乳は儂が飲む約束だぞ、覚えているか——早速乳房を揉みたてながら問いただす父に対し、絶頂直後の娘は肩で息をしつつ、はにかんでみせた。

「うん……でも、赤ちゃんの分も残しておいてあげてね」

父にまた一つ初めてを捧げることになるその日を心待ちにしつつ、我が子のことも思い告げた。

「おぉ、よしよし。いいママだな千奈は。儂と千奈の子のためだ。約束するとも」

愛娘であり愛妻でもある千奈の頭を撫でる成将の手つきは底なしに優しく。

対面で抱き合ったことで孕み腹に押し当たった逸物の、はち切れんばかりの漲りようが、この甘く楽しい時間がまだ続くのだと知らしめる。

「じゃあ……はい、どうぞ、お父さん♥」

自ら右乳房を差し出して父の口へと含ませる娘の心は、初めて遊園地に連れて行ってもらった幼き日同様無邪気にはしゃいでいた。

遊園地で初めて自然と甘えることができた人に今、乳を吸われて。

「んむっ、ちゅううっ……千奈、愛してるぞ千奈……」

愛を囁かれる。歪な状況と理解していても、幸せを感じずにはいられない。

(もう、幸せを失いたくないの。……だから)

意を固める胸に、父の愛撫による疼きが染み渡り。

千奈は甘く囀りながら、愛しい肉棒を再び握り扱き立てていった。

3

三年ぶりの雪が昼を過ぎても降り続け、堀籠家の庭園を白く染めた、元日。

屋外の凍えるような寒さをよそに、暖房の効いた居間に籠った父と娘は年の初めからイチャイチャと戯れ合っていた。

居間に設えたテーブルの上には、おせちの入った重箱が一つと、熱燗が二本並んでいる。おせちはまだ半分以上残っていたが、熱燗のほうはすでに二本目が空になる寸前だった。

「なぁ千奈。次は黒豆がいいなあ」

正月ということで紋付き袴姿の父が、例年通り重箱の真ん前という指定席で胡坐をかき、甘えた声と顔で告げる。

その右隣に陣取る千奈は妊娠八か月目を迎えて、かなり大きくなった妊婦腹を慮《おもんぱか》って、夏に買ったマタニティウエア——桃色のゆったりしたワンピース——を纏っていたが、下着は着けていなかった。

安定期を迎えて生本番を解禁した先月以降、求められればすぐ応えられるよう、父の傍にいる時は必ずノーブラ、ノーパンで過ごすようにしていた。

「はい、お父さん」

有名店で購入したおせち料理の中から指定された一品を、千奈が箸で取り、父の口へ——ではなく、自らの口へと潜らせる。父に意地悪しようというのではない。

「ン、ちゅ……♥」

元旦からイチャつくと言いだした父の要望に応えて、口移しで食べさせ続けていたからだ。今また熱い接吻をし、口の中の黒豆を噛まずに舌に乗せて、父の口内へと届ける。

届け物を受け取った父はニィッと目を細めたかと思うと、差しこまれた娘の舌ごと思う存分黒豆を咀嚼《そしゃく》した。

(お豆の甘い味と、お父さんの唾のニチャニチャとが混ざって……変な感じ)

だが、舌を何度も甘噛みされるのは堪らなく心地よかった。

「去年と同じおせちでも、孕み妻の口移しだと断然美味いな」

黒豆を嚥下するやそう言って、娘の頭を撫でる彼の手は相変わらず大きくて優しい。

一方で早くも袴の前を大きく膨らませている逸物の存在感に、千奈は期待の目を向けずにはいられなかった。

食事の後の性交を期待しているのは父も同様なのだと思うと、早くも女陰が疼く。

「ぁん、もう……いつも食べ終わるまで待てないんだから」

ノーブラの娘の胸を、背後に回って揉みだした父。その手つきは先ほど頭を撫でてくれたのと同じ手とは思えないくらい、力強くて卑猥な動きに徹した。

肉厚の手のひらで乳房を左右同時に揉み捏ねながら、その指先は乳輪の上で円を描き、恍惚と煩悶を植えつけてくる。

「また少し大きくなったか、んん?」

目を輝かせてはしゃぐ父を見ていると、千奈も自然と微笑んでしまう。

「お父さん……うっあァッ♥」

父の手の熱によって温められている双乳が、今また乳首を抓られ嬉々と震えた。

孕み妻となった娘への征服欲を露わにする父と、父に所有されていることを実感し喜びに浸る娘。

そんな歪な親子の交わりを見守る、もう一人の住人——今も父の戸籍上の妻であるその人は、もはや見慣れた光景に目もくれずに、居間の入口に正座待機していた。

「ほら、千草。酒！」

手元の熱燗が空になっているのに気づいた父が、少し苛立たしげに母を叱り飛ばし、空瓶を振って催促した。

「……はい。すぐお持ちします」

叱られた母は落ちこむでもなく、能面を貼りつけたような無表情で空瓶を盆にのせると、居間を出て台所のほうへと消えてゆく。

この頃目にする機会の増えた両親のこうした姿に、千奈は心を痛めていた。

けれど、その一方でこうも思ってしまう。

(私はちゃんと、気づいてたんだけどな)

一番傍にいる自分が、熱燗が空になったことに真っ先に気づいた。

給仕役の母にそれとなく伝えてやれば、彼女は叱られずに済んだだろう。

そうしなかったのは、ひとえに父の妻は自分なのだという優位性を保ちたかったからだ。子を孕んだ時労ってくれるどころか、己が保身を第一に表した母への復讐という側面も確かにあった。

そんなどす黒い感情も、じき、父の手がもたらす快楽によって霧散する。

「なぁ、千奈。千草が戻ってきたら、ビックリさせてやろう」

父にとっても、母の能面めいた無表情は気に入らなかったらしい。娘の前ではもう滅多に見せることのないあくどい面構えで企みを持ちかける彼は妙に楽しげだ。

そんな彼の心情を察して、従順に頷き、微笑んでも見せた千奈の心根は——再び痛みと苦しみにまみれている。断ち難い母への愛情が、そうさせていた。

4

「……ッッ」

熱燗をのせた盆を持って居間に戻ってきた千草は、マタニティウエアをたくし上げて睦み合う夫と娘を視界に捉えた瞬間に絶句した。

二人の情事自体はもう見慣れていたが、娘が性器以外の穴にペニスを咥えこんでいるのを見るのは初めてだったからだ。

(小さい頃、いつも手を繋ぎたがった寂しがり屋の千奈。その、あの子が)

「そら。どうだ千奈！　ケツ穴にちんぽハメてどうなのか、母さんにちゃんと教えてやりなさい……！」

「はひッ！　いぃっ、お父、さッあぁあッ、イイよぉっ、お尻気持ちいッ、パパちんぽズボズボするの凄くいいのぉっ♥」

背面座位で成将に突き上げられるだけでなく、自ら腰を振って逸物との摩擦を貪っている。抜き差しされる逸物にはコンドームが装着されていて、二人が用意周到にアナルセックスに備えていたことが窺えた。

十年来父と慕った男に蕩け眼を向けている千奈。その口元からはよだれと舌を零している。幼き頃の顔とも、男を知る前の顔とも違う、れっきとしたオンナの顔をするようになってしまった娘を、母は憐れむより先に羨んでしまった。

(私もまた、あんな風にされたい……)

娘同様、成将に開発された心身は、自分の手や指や唇でいくら慰めても満たされることがない。夜毎自慰に励んでも、徒労感と空しさばかりが募ってゆく。

成将との子を産めなかった自分が悪い。千奈に子作りを促した自分が悪い。

(そう。全部、私が至らなかったせい。……そんなことわかってる!)

それでも。自分勝手だと承知していても、心身に染みついた成将との快楽の記憶が忘れられなかった。

「ああ、いいぞ千奈。朝風呂でじっくりケツ穴ほぐしてやった甲斐があったなァ」

「やっああ♥　そんな激しくしたらお尻壊れちゃう、破けちゃうよぉおっ」

見つめる先で成将に突き上げられた千奈が、ボテ腹を揺らして喘いでいる。物騒な発言とは裏腹に顔を綻ばせ、肛門も逸物を締めつけて放さない。

「そうだ千奈っ、偉いぞ。教えた通りちゃんとできてる。千奈はま◯こだけじゃなく、ケツ穴も優秀だなぁッ」

（ああ、きっと千奈もあれを教わったのね）

千草は、かつて自分も教わった尻穴の締め方を思い出し、なおのこと煩悶する。

『出産の練習と思って。いきむ要領でやるんだ』

千草にそう告げた当時五十歳の成将は優しい表情と口ぶりだった。

しかし実のところ、適当な理由をつけてアナルセックスを楽しみたかっただけだと、捨てられ悲嘆に喘いでいる今の千草には理解できた。

（だって当時すでに私は極度の不妊で、出産なんて夢のまた夢だったんだから。元気づけるふりして、あの人はおちんぽを膨らませてた……！）

けれど、娘は——千奈にとっては、アナルセックスはまた違う意味合いを持つ。

成将との子を孕んだ娘は、安定期前の時期を活用して尻穴の開発に勤しんできた。安定期を迎えて膣性交が解禁となっても、さすがに日に何度もというわけにはいかない。だから、一度二度では満足しない成将のために尻穴を差し出している。

ただ楽しむためだけではなく、胎の子を慮ってアナルセックスに臨んでいるのだ。

千奈の腹に宿る小さな命が、成将との絆を確固としたものにしてしまった。

(私だって、そうなりたかった。でもどんなに頑張っても、私には宿ってくれなかったのよ……！　……どう、して……)

どうして、自分ではなく娘なのか——。

女としての敗北感も露わに、眺めずにはいられない。

眺めた先で嬉々と弾むボテ腹が妬ましくて仕方がなかった。

——それなのに。

「ごめん、なさぃ……千奈、ごめん……う、うぅぅっ」

口をついて出たのは、謝罪の言葉。

妬み嫉《そね》みを飲みこむほど膨れ上がった申し訳なさが、愛娘への土下座謝罪という形で表れた。

5

「……もう、わかったから。謝らないで、お母さん」

正面の、手を伸ばせば届きそうな位置で土下座して詫びる母に向け声をかける千奈の表情は、性行為を愉しんでいた先ほどまでと打って変わって悲痛に歪み、大粒の涙を止め処もなくこぼしていた。

(謝らないといけないのは、私も同じ)

母を追い落として「孕み妻」の地位を得た後ろめたさを、母を蔑《ないがし》ろにすることで誤魔化してきた。

その事実を認めた今も、父に腸洞を突き穿られては喜悦に咽んでしまう。

「おい、湿っぽいのは勘弁してくれよ」

泣きじゃくる母娘に対し、興ざめした顔を向ける父。けれどその逸物はより興奮を滾らせて、娘の肛門を穿ってゆく。

そうしてもたらされる摩擦悦が堪らなく甘美で、千奈もまた教わった通り、いきむ要領で腸洞を締め上げた。

「おっ。はは、泣いていてもケツ穴を締めるのは忘れないんだから、やっぱり千奈はパパ思いの良い子だな。千草、見てみろ。儂らの娘は最高の孕み妻に育ったぞ!」

よしよしと娘の頭を撫でる手つきこそ優しいものの、肉欲に溺れた顔とペニスを正そうとしない。

優しい父。頼れる夫。いくつもの側面を持つ堀籠成将という男の、根っこの部分。それは間違いなくこの強すぎる性欲なのだと、母も娘もとうに身を以て思い知っていた。

それでも離れ難いと思わされるだけの濃密な性的躾を、母も娘も施されている。もう引き返せないところに居るのだと、母は娘の腹の膨らみを見て思い知り、娘は胎の重みと尻に迸る喜悦の痺れに思い知らされた。

「おおっ、そろそろ一発目、出すぞぉっ」

吠えた父が腰遣いをヒートアップさせる。その強かな一突きを浴びるごとに、千奈の胸中から負の感情が洗いざらい押し流されていった。

代わりに雪崩れこんできた、大きな悦の波。絶頂の予兆に他ならないそれに心奪われ、蕩け顔に戻った娘の腰も躍る。

「一緒にイクところ母さんに見てもらおうな千奈!」

「はひっ♥　ひィッ、いいっく、イクぅぅっ、お父さんといっしょっイクぅぅっ♥」

——気持ちいい以外のすべてがどうでもいい。

絶頂が近づくといつも、そう思わされてしまう。

今も、涙に暮れる母がビクついた顔で見つめてきているのに。

気にすることもなく、身体が求めるままに逸物を愛で搾る。膣ほどには凹凸のない腸洞をうねらせるように締めては、逸物から先走りのツユを啜り取る。

けたたましく脈打ちだした肉棒の射精の時を待ち遠しく思い、腰を上下左右にくねらせてしまう。

空いた手で自ら乳首を抓り上げて、感度をより鋭敏に高めてしまう。

(お父さんとのセックスが気持ちいいの。お父さんの腕の中でイクのが堪らなく好き。それをお母さんに取られたくないの)

だから、身も心も父に媚び従う。

「おぉおっ出すぞぉっ」

満を持して白濁を撃ち出した逸物の脈動が、コンドーム越しということでいつもより遠く感じるのが、堪らなく寂しい。

コンドームの先端をぶぐりと膨らませる種汁の熱も、粘り気に関してもそうだ。

(もっと直接、やっぱりおま◯こで感じたい。お父さんのホカホカの赤ちゃん汁にバシャバシャ叩かれるあの感じ。ネバネバに絡みつかれる、あの感じ……！)

物足りなさを覚えていても、躾けられた肉体は従順に父と同時に絶頂へと駆け上がった。

「ぁひあっあああああっックぅぅぅぅぅぅっ♥」

早く挿入してとせがむように、膣口がヒクついてはとろみのある蜜を漏らす。父娘の結合部に垂れたその蜜を、ガクガク痙攣する牝腰が自ら攪拌し。泡立ちニチャつくそれが、まるで種汁の代わりであるかのように感じてまた、ぶり返してきた悦の大波に攫われる。

「はひっいいっあああっお父さん♥　お父さぁぁぁぁんっ♥」

愛しげに父を呼ぶ。その都度腸洞に絞られた逸物が射精に至り、すでに満タン状態のコンドームごと亀頭が腸の壁へと突き刺さる。

日々父の肉棒にノックされ、射精の音を間近で聞くことに慣れている胎児までもが、生挿入と膣内射精を乞うかのように腹を内から蹴ってくる。

それらによって三《み》たび至悦へと押し上げられた女の股が潮を噴く、顔ごと天を仰いだ瞳からは、今度こそ嬉し涙が流れた。

「っおぉ、まだ使い始めて半月なだけあって、ギッチギチだなぁ」

喜色満面の父が、引き攣れ窄まる肛門のきつい締めつけを堪能しながら、腰を突き上げては射精する。

繰り返されるたびに、ゴム越しの射精の勢いが衰えゆくのを感じて、余計肛門の締めつけが強まった。

飛び散った娘の潮で鼻筋を濡らした母は、再び諦めに沈んだ顔を俯かせて、荒く呼吸をするばかり。

(……お母さん)

もはや一言も発しようとしない母親に注ぐ娘の視線は――憐憫と、改めての優悦に濡れていた。

やがて最後の一滴までを搾り取られた逸物が脈動をやめ。

「あ……やぁぁ……」

物足らないと嘆く娘の頭をひと撫でしたのち。

上に乗る娘の身体を脇にどかして、父がずるりと逸物を引き抜いた。

「いやぁ出た出た。そら、見えるか二人とも」

ペニスからコンドームを外すや、精子の詰まったそれを摘まんで見せつける。

「これだけの精子を、千奈のケツ穴が搾り取ったんだ。ま○この他にもう一つ、これほどのスケベ穴を備えてるんだからな。まったく、最高の孝行娘だよ」

自慢げに父が使用済みコンドームを揺するたび、なみなみ溜まった精子が波打った。

その様と、ゴムを取り払った逸物が湯気立ちそうなほど赤らみ火照っている姿を見ているだけで、千奈の膣と菊門は蠢動した。

「汗もかいたし、飯の続きはまたひとっ風呂浴びてからとするか」

娘が見惚れる中、ズボンにペニスをしまい終えた父が言う。

当たり前に娘の手を引いて立ち上がらせ、腰を抱き、尻を揉みながら連れ立って歩かせる。

そんな強引さが、膣への挿入を待ちわびる娘にとってはただただ頼もしい。

「……お風呂では、前にしてくれる……？」

遠慮がちに希うと、

「ああ、ちゃんとおしゃぶりでちんぽ綺麗にできたらな」

意地悪く告げながらも、確信している父は肉棒を反り勃たせる。

父のズボンの前を慣れた手つきで触り勃起を確かめた千奈は、男を知る前と変わらぬはにかみを浮かべ。

「うん……♥　頑張るね」

それを驚いたように母が見ていることに気づくことなく、父の肩に身を預ける。

重たく膨らんだ妊婦腹を父の手が支え持ってくれることが嬉しくて。結局一度も、室内に残す母を顧みぬまま、孕み妻は夫との愛の巣の一つである浴室へと歩んでいった。

6

父娘《おやこ》で淫欲に身を任せ続け、ついに迎えた三月一日、木曜日——卒業式当日。

晴れ渡った青空の下、久しぶりに制服に身を包んだ千奈は、空にも負けぬ晴れやかな顔で母に「行ってきます」と告げた。

臨月となったその腹部は制服のカッターシャツを大きく膨らませていたし、ブレザーの前を閉じることもできない。誰の目にも妊娠は明らかで、確実に注目を浴びることが予想された。

(朋子ちゃん。……高橋君。……皆、きっと驚くだろうな。きっと、じろじろ見られちゃう)

妊婦として卒業式に参加する自分が、興味本位と奇異の視線に晒される——。恐れ慄いて当然の想像にすら女陰が疼き、ブラジャーの裏地に擦れるほど乳首がしこり勃ってしまう。

父に植えつけられた露出の性傾向はすっかり心身に根差してしまい、もはやそのことを異常と意識することもない。

「行ってらっしゃい」

笑顔で見送る母もまた、〝異常〟に慣れてしまった者の一人だ。

娘と互いに涙ながらに詫び合った元日。あの日を境に母と娘の関係性は大幅に改善された。

「お腹冷やさないようにね」

「うん。腹巻きもしてるし、大丈夫」

このように母は度々、娘の体調を気遣ってくれる。

娘は母の心尽くしに全幅の信頼を寄せている。

母の献身的な支えのおかげで、妊娠後期の心身不安定を乗りきれたのだという実感があったからだ。

「ありがとう、お母さん」

日々の感謝を声に出して伝えれば、二か月前とはまるで違う憂いのない、はにかみ
――娘と酷似した笑顔を母は見せてくれた。

〝成将の妻〟であることを諦めて、生まれてくる子の祖母という立場に存在意義を見出した――そんな実母の決意に触れ、千奈は申し訳なさを覚えつつ、かつて以上に

彼女を慕うようになった。

心の底を見せ合ったことで、仲睦まじさを取り戻した母と娘。ゆえにこの家にはもう、〝異常〟を危惧する者は一人もいない。

妊婦腹を隠しようがなくなった三学期。卒業生ということでごくごく短い三学期を全休して、今日この日を迎えた娘が、衆目からどのような扱いを受けるのか。

案ずる声は終ぞ出なかった。

「時間も頃合いだ。さ、車に乗りなさい千奈。お腹苦しくならないよう気をつけてな」

卒業式に参列するため礼服を着た父が自家用車の準備を整え、降りてきて、愛娘であり「孕み妻」でもある千奈をエスコートする。

千奈がうっとりと身を預けると、父は満足げに頷いて肩を抱く。

それを見送る母・千草は、ただ「二人の好きなお茶を用意して待ってますね」とだけ口にした。

「式の途中でも体調が悪くなったらすぐに言いなさい」

病院のほうにはもう話を通してあるから——と語る父の表情は、卒業式のサプライズ登校を言いだした人とは思えぬくらい、心配げで。

それすら愛らしいと思えてしまう自分こそが、きっと一番壊れているのだと、千奈は学校へ向かう車の中で思うのだった。

7

学校に着いて父の車を降りた瞬間から案の定、千奈の臨月腹は周囲の視線を独り占めにした。

先に会場である体育館へと向かう父と別れて単身、一学期の終業式以来、七か月余ぶりに訪れた学舎。その廊下を歩む道すがらも。

「ねぇあれって……」「妊娠してるんじゃ」「二組の子だよね」「真面目そうな雰囲気だったけど、やることやってたんだぁ」「相手は誰だろ?」

ひそひそ話にしては大きな声で、同年代の人々が囁き合う。すれ違う顔が逐一奇異の視線を臨月腹に差し向けてくる。

それが人目に性的昂奮を覚えるよう躾けられた千奈にとっては心地よくて堪らず。可能であれば今すぐトイレに駆けこみ自慰に耽りたいとさえ思っていた。

「千奈……!?　あ、あんたそれっ……どうしたのよっ!」

廊下の喧騒を聞きつけて教室から顔を出した朋子が、騒ぎの中心にいる親友を見つけるや、驚愕の表情で走り寄って来る。

「うん。赤ちゃん、いるんだ」

対照的に事もなげに、幸せそのものといった柔らかな笑顔で報告した千奈に、なおのこと朋子は面食らい。

「あ、赤ちゃんって。え、ええっ。だってあんた……」

高橋君と破局したあと、一体誰とそんな関係を持ったのよ——。

危うく要らぬことを口走りかけたと、慌てて口を噤《つぐ》む親友。明らかに動揺している彼女の姿を前にしても、千奈は答えを告げようとせず。

「予定日は二週間後。もうすぐ生まれてくるんだよ」

衝撃的な事実を告げることで、話をはぐらかす。聞き耳を立てていた者のうち、特に前のめりだった女子連中が千奈の思惑通りに出産の話題に食いついた。

「ね、ね、堀籠さん。子供の名前ってもう決めた？」

「生まれてくる子の性別って、もう知ってるの？　確か事前にわかるんだよね」

「名前は生まれた後、子供の顔を見てからお父さんが決めてくれることになってるんだ。性別は……男の子だよ」

父の望み通りの男児が宿っている喜びに、目を細めて己が腹部を撫でる千奈。その表情がもうすっかり母親そのものであることに、同い年の級友たちは皆驚き、女子は憧れめいた、男子は性的興味を多分に含んだ視線をこぞって向けた。

「なんか、大人……だな。妙に色っぽいつーか。一学期と印象全然違う」

「男ができたからだろ、……中出しされてるってことだよなぁ」

チラ見してはニヤつく男子勢のひそひそ話が、たまたま近くを通った女生徒の一団の耳に留まり、「最低！」と大目玉を食らっていた。

照れ隠しに下世話な話に興じる男子勢も、そのことを毛嫌いしてしまう女生徒たちも、もうじき母となる千奈にとっては等しく初々しく、同い年であるのに遠く懐かしい日の自分を見ているような気持ちになる。

「幸せ、なんだよね？」

教室の騒がしさが最高潮に達する中。

念を押すように朋子が、千奈に問うた。

そういう、まっすぐなところが彼女らしい。

思いやりがあり、いつも人の輪の中心にいた朋子に、小学生の頃から随分助けられ、時には劣等感を覚えもしたものだ。

「……うん」

けれど、今は。

ただ真実を伝える、短い「うん」に面食らっている。そんな朋子がただただ微笑ましい。

共に学生生活の思い出を作ってきた親友を、学生の身分に別れを告げる今日という日だからこそ、瞼に焼きつけておきたくて。千奈は微笑を浮かべ、見つめ続ける。

その後、事前に妊娠の事実のみ知らされていた担任の教師が姿を現し、教室の鎮静を試みるも徒労に終わり。

興味と奇異の視線を浴びながら千奈は卒業式会場である体育館へと向かった。

道中幾度も見られる悦びに身を震わせてしまい、そのたびに朋子をはじめとした何も知らない女生徒に体調を気遣われた。

会場である体育館に着くと、より多くの視線に晒され、千奈の秘めたる肉悦は膨張の一途《いっと》を辿る。

式には卒業生以外に、在校生、保護者、来賓、教職員一同が列席している。そのどれもが一様に臨月腹に見入り、話題にし始めたからだ。

保護者席には、満悦顔の成将の姿もあった。

（私がお父さんの孕み妻だって知ったら、皆もっと驚くよね）

話題の種を隠し持つ優悦感と、子の母であるという誇らしさと、見られる悦びとが交錯した結果。千奈は着席したての腰を座りが悪いふりをして揺すっては、密かに身悶えた。

胸も疼いていたけれど、さすがに人前で触れることはできない。代わりに腰を揺する頻度を増やすと、近くに座っている女子生徒から心配されてしまい、結局快楽に集中することは叶わなかった。

「三年二組、堀籠千奈さん」

やがて千奈が卒業証書を受け取る番が来て、壇上から名を呼ばれる。

壇上へと続く短い階段を上がる際には、席から父が駆けつけてきて手を貸してくれた。登壇して担任の男性教師と向かい合う。父は足早に席に戻っていて、千奈は単身で最大の注目を浴びることとなったが、不安は微塵も覚えなかった。

(おなかの赤ちゃんが一緒にいてくれる。だから大丈夫。もう、ママになるんだから……イクの、なんとか我慢するからね。……ね、赤ちゃん)

愛し児の眠る腹部をそっと撫でてから、証書を受け取る。

ざわつきを消すにはまるで足りない、形ばかりの拍手が鳴り響く中。証書を手に階段を降りる際に、自然と父の姿が目に留まる。心底からの笑顔で来客の誰よりも真摯に手を叩いてくれている、愛しい人。

学生でなくなるこれからは、「父の孕み妻」――それだけが自らの肩書き、アイデンティティだ。そのことに今はただただ感謝していた。

（ありがとう、お父さん。サプライズ登校、大成功だったね。……元気な赤ちゃん産むからね。だから……このあと……）

式の後に父と行う秘め事に思いを馳せ、股下に蜜が伝うのを感じた。ショーツが吸いきれなくなったそれを、ストッキングが内包し、より蒸れた匂いへと熟成させていく。娘の牝臭を何より好んでいる父は、きっと喜んでくれるはず。

「……は、ァ……♥」

経験に基づく妄想が捗《はかど》り、ため息に似せた喘ぎがこぼれる中。数多突き刺さる視線の中にあって一つ、特別な何かを感じて目を向ければ、卒業生の中でもひと際暗い顔をした男子生徒、その懐かしい顔に行き着く。

彼――悠太は、悔しさと切なさ、さらには怒りも織り交ぜた視線を、かつての想い人に突き刺し続けていた。

それを受け止めるうち、千奈の心には申し訳なさと、彼との思い出の数々がこみ上げた。

「……っ」

哀しいからではない。ただ在りし日の自分と、笑顔が眩しく思えた悠太。今にして思えばママゴトのような交わりに一喜一憂していたかつての自分と彼を懐かしむ思いが涙となって溢れ、頬を伝った。

それでまた周囲の喧騒が酷くなったが、父だけは。愛する娘の心も身体も知り尽くした唯一の男だけは、満悦の様相を崩すことなくどっしりと構えていた。

8

卒業式終了から時間が経ち、窓から茜色が差し始める頃。

涙の痕も乾いた千奈は、改めて無人の三年二組の教室を訪れた。

「よしよし。待たせた分、たっぷりと可愛がってやるぞ」

静寂が支配していた教室に野太い声が響き、娘の尻を追うように入室した父の手が、早速臨月腹を撫でてくる。

「……っ、もぉ、くすぐったいってば……」

口ではむずかったが、子供への挨拶も兼ねてのことだと思えばこそ、抗うつもりはない。もどかしい刺激に身を任せつつ、千奈は別の疑問を口にした。

「……どうして教室で……？」

質問の意図を察した父の返答は、明確かつ最低だった。

「お前の学生妊婦ま○こも今日で見納めだろう？　そう思ったら、千奈が過ごしたこの学び舎で、一発ハメておきたくなったんだ」

たくさんの思い出を築いてきた学び舎で、父と交わる。想像しただけで女陰の湿りが増し、全身が火照る。

「お前の青春の締めくくりは、お父さんとのセックスだ。腹ボテセックスの気持ちよさで、塗り潰してやるからな」

級友の誰が聞いたとしても、侮辱と感じるに違いない発言。

けれどただ一人、発言者の子を孕み、その後も日々卑猥に躾けられてきた愛娘だけは、暴言から悦びを汲み取った。

ゆえに返事は蕩け顔で流暢《りゅうちょう》に、父好みの言葉をちりばめ紡がれる。

「……うん。私がお父さんのモノだっていう証を、ここで……改めてたっぷり、心と身体に刻んでください」

「良い子だ、千奈。これからもずっと儂の孕み妻になるお前を、愛で尽くしてやるからな！」

返答に満悦した父が、娘を正面から抱きすくめて唇を奪う。

千奈もまた熱烈な接吻を喜び、目を細め、ネトつく舌同士の絡まり、摩擦をより味わうべく率先して舌を蠢かせた。

（あ……嬉しい……逞しいお父さんの手に、優しく撫でられるの……好き……）

返礼とばかりに頭を撫でてもらい、惚けたのも束の間。父の左手がストッキングに覆われた尻を撫でまわし始め、牝腰が嬉々とくねった。

双臀の谷間をスリスリと、やはりストッキングの生地越しに擦り立てられるに至り、我慢ならなくなった千奈の側から唇を離して、切ない表情を差し向ける。

「たっぷり犯してやるからな。さ、ストッキングとパンティ脱いで、濡れ濡れま○こ見せなさい」

娘が、焦らせばすぐに応じてしまうことも、卒業式からずっと股を濡らして待っていたことも、すべてお見通しの父は、嬉しくて仕方がないといった顔で指令を下す。

（当たり前だよ。だって、お父さんの手で隅々まで開発されたんだもん）

身も心も、父の好みに添うよう躾けられている。

だからそれを今さら不満に思ったりはしない。むしろ初めからそうなるようできていたのではと思うほどに、身も心もすんなりと順応していった。今思い返してみると、そうとしか思えなかった。

指示に従ってストッキングを脱ぎ始めるも、破かないよう慎重に下ろしていったことに、今度は父が焦れた。千奈の手がやっと膝下までストッキングを下げたところで父の手により机上に押し倒された。

奇しくも一学期末まで自分が使用していた机の上に、ストッキング脱ぎかけの状態で横たわる形となった千奈。その瞳は期待に濡れ、父を——快楽と幸せをくれる人を一途に見つめる。

「顔を近づけんでも、甘酸っぱく蒸れたま○こ臭が嗅ぎ取れるぞ。これだけの匂いだ、ひょっとしたらクラスメイトの何人かは気づいていたかもしれんなぁ」

父はわざと煽る言い方をしながら、娘の右脚だけからストッキングを抜き、手早く股を開かせるや、濡れた空色ショーツに狙いを定めた。

「やぁ、んっ。グリグリ、気持ちいい……好き、お父さん……大好きィ……」

わざと鼻筋をグリグリと押しつけて嗅ぐ父のやり口。とっくに濡れほぐれきっている膣唇に甘美な疼きを与える父に、素直な想いを表さずにいられなかった。

「ああ儂も、堪らん、堪らんぞ千奈ぁっ。嗅いでるだけでもう辛抱堪らん。……脱がすぞ。濡れ濡れま○こ見るからな千奈！」

思う存分嗅がれた淫唇が嬉々とヒクついて、ショーツの内側に蜜を溢れさせる中。

そのショーツの両脇に、鼻息荒らげた父の手がかかった。

ショーツが、ネットリと愛液の糸を引きつつ下ろされていく。

「は、あァ……♥」

ストッキング同様右脚だけ抜かれて、左脚に絡まりとどまった濡れ下着がやけに重たく感じる反面、覆う物のなくなった股根に父の熱視線を浴び、思わず千奈の口蓋から熱い吐息が漏れた。

(濡れ濡れま○こにもうすぐ、おちんちん、あっついのが来る……♥)

疼き通しの淫膣が、陰唇を震わせては新たな蜜を漏らす。割れ目の上部では、濡れて張りついている陰毛が外気に晒されて肌寒さを覚え、それを、健気に勃起したクリトリスの火照りがすぐさま打ち消す。ヒクつきを強める一方の淫膣と連動して、尻の谷の奥で息づく窄まりまでもが蠢動する。

「この制服も見納めだと思うともったいない気もするが……まぁ家で時々着てもらえばいいことだしな」

今後のプランを語る父の手でブレザーを脱がされ、カッターシャツの前を全開にされたことで、ショーツと同色のブラジャーと、大きく張った臨月腹も露出した。

次いでスカートが、これだけは千奈の身体に留まることなく、完全に脱がされて机の下に滑り落ちる。

その間、千奈は妊婦である自分を気遣い脱衣を担った父に感謝するとともに、ひたすら期待だけを溜めこんだ。

「ほら千奈。お前を種付けしたちんぽだぞ」

待ちに待った逸物がついに、父自ら脱いだズボンとトランクスの中から飛び出して、娘の鼻先へとやってくる。

「すごく熱い……もう、ガチガチだね……♥」

約十か月。毎日目にし、安定期前の時期を除いて膣で味わい続けてきた極太の勃起ペニス。慣れ親しんだそれに触れた瞬間から、今日も胸がときめいた。自然と淫蕩な笑みが漏れる中。

(私の身体がお父さんのモノなら、このおちんちんは私の……もの)

弄ぶように逸物を握り、さすって、熱量も硬度も常以上であるのを確かめる。

(教室で、私を抱くことに、お父さんもこんなに興奮してるんだ)

肌で感じたことで期待はさらに高まり、濡れそぼる淫膣を差し出すかのように牝腰が机の上で位置を調整した。

「ほれ」

当たり前に口元に突きつけられた亀頭。淫水焼けして黒ずんだ、丸みのあるそれが、愛おしくて堪らない。

「ちゅっ……」

見つめているだけで溜まりゆく唾を飲み、愛情を示すためのキスを亀頭へと捧げた。そのむず痒い衝撃に、父の腰が悦び震えたのがわかったから。

カリ首のすぐ下の部分までを口に含むや、頭を前後させ、窄めた唇で愛で扱く。

「おおっ、上手くなったなぁ。ちんぽの皺の数もわかるくらい、毎日しゃぶって練習したもんなぁ」

カリ裏を舐られてブルッと震えた逸物が、早くもピュッと先走りのツユを口内に噴きつけた。その素直さが愛らしく思え、なおのこと頭を前後に揺らし、クポクポとカリ首ばかり責め立てる。

添えた舌で裏筋を同時に舐れば、いっそう逸物は喜悦の脈を響かせ、ヌルヌルのツユを噴きつけてくれる。

かつては気味悪くて仕方のなかったその舌触りも、今や千奈の大好物だった。

（お父さんのちんぽ♥　エッチな匂いと蒸れた汗の混じった、この臭さも……硬くて、でもフニフニの皮の感触もある食《は》み心地も）

心身に刻まれた快楽の記憶と共に常に在り続けるそれらすべてが愛おしい。

（好き。お父さんのちんぽのどこもかしこも好き。お父さんのことが……好き）

溢れる思慕はそのまま舌遣いに表れ、舐り回されすぎて味のしなくなった亀頭が早くも音を上げた。

「……っ！　いかんいかん、危うく口の中で出すところだったわい。すっかり儂好みのスケベ口ま○こになりおって」

ぼやきつつも嬉しげな父が、逸物を娘の口腔から引き抜くや、右手で握り構える。淫熱《いんねつ》を帯びるその切っ先と、熱源を失いモジつく娘の口唇は、未だ唾液の糸で繋がっていた。

それが嬉しくて、また。

「ぁ、ン……ッ♥」

胸がときめき、勃起乳首がブラジャーの裏地に擦れては新たな喜悦を蓄える。口唇に負けずモジつき通しの股唇も、内なる疼きに後押しされて新たな蜜を溢れさせ。

それを嗅いだ父の逸物が、なおのことビンと——彼自身の腹に貼りつきそうなくらい雄々しく反り勃った。

「よおし、ちんぽ舐めも教えた通り丁寧にできたな。偉いぞ千奈」

「ふぁ……ああ……ぅん。あり、がとう……お父さん」

父は勃起ペニスから滴り落ちた先走り汁が付いたままの右手で、再度娘の頭を撫でる。髪にネトついた感触が絡む、それすらも〝父の色に染まる〟ことの象徴に思え、千奈は惚けながら感謝を口にした。

(お父さんが教えてくれなかったら、こんな気持ちのいいこと、幸せなこと。きっと今も知らずに過ごしてた。ありがとう、お父さん。セックスを教えてくれて。幸せをくれて……ありがとう)

心の底から湧き上がる想いを伝えようと、まだ鼻先に居残っていた亀頭へとキスの雨を降らせる。

「こらこら、もう出そうだって言っただろう」

(お父さん、照れてる……？　可愛い……)

珍しく防戦一方の父も愛しくて、キスの数を増やす。チュッと口づける合間に、尿道に浮いた先走り汁を啜り飲みもした。

そうして最後に、キスマークがつくくらい強く逸物の幹部分を吸い立てる。

「お……ッ、ほ、っぉぉ……っ」

かなり長く吸ってから解き放つと、はち切れんばかりとなった逸物が、まるで意志ある大蛇の如くのたうった。

「……まったく、スケベ妻め。ほら。父さんが卒業記念にハメてやるから。いつものようにおねだりしなさい」

「うん……♥」

愛しい人のペニスとじゃれ合ったひと時が、いっそうの思慕となって千奈の胸内を巡っていた。素直な返事に自然と入り混じる媚が、なおのこと父の逸物の屹立を招き。それを目にした千奈もさらなる期待に逸る。

待ちわびパクついている淫膣を千奈自ら脚を開き披露した。そして――。

自身の指で陰唇を割り広げ、膣内部の蠢きまでをも見せつけて、懇願する。

「孕み妻のＪＫ卒業生に、お父さんの、おちんぽ♥　種付け棒……ください♥」

「このちんぽはもう千奈だけのものだからな。しっかり味わうんだぞ」

愛娘からの交尾要求を受けて、挿入前からいつ暴発してもおかしくないほどに膨れた逸物。その火照り、ぬるぬる滑る丸い切っ先が、膣口に吸いつくようにぴたりと接着した瞬間。千奈の期待もまた、爆発寸前の様相を呈す。

それを見越したかのように、亀頭は勢いよく膣内へと埋没していった。

「はひっ♥　〜〜〜〜〜〜〜〜っっ♥」

とっくに蕩けきっている膣肉が、力強い突入を果たした肉の棒にみっちりと絡みつく。逸物が膣の襞々を捲り擦っては痺悦を植えつけてゆくせいで、早くも千奈の喉は声にならない感激を吐き出した。

（ちんぽのカリのところが中をズリズリッ……擦るの。そのたびに頭の中が真っ白になって……気持ちいい。他のことがどうでもよくなるくらいにイイッ……！）

「ほぉら、ここだろう。千奈はこうやってえぐられるの大好きだもんな……！」

娘の膣を誰よりも――持ち主である千奈よりも知る父が、巧みに腰を操っては、膣の上壁や中腹付近――感じる部位に逸物を擦りつけまくる。

正常位で繋がった女体はその都度恍惚に打ち震えて、逸物を締め愛でた。

「ぅんっ、お父さっ、ぁはぁ、んっ♥　お父さっあぁぁんんっ♥」

愛しい名を呼ぶほどに、膣と胸の疼きも強まっていく。膣の蠢動に連動して尻の穴も窄まり、物欲しさに喘いだ舌が堪らず己の口唇を舐めた。

そんな娘の心情を知り尽くしている父は、今日もまた決まりの文句を口にする。

「千奈。お前は儂のモノだ。これからもずっと、儂を愉しませるんだぞ」

所有宣告を受けた娘の膣がいっそう蕩け絡みついてくると、知っているから。

娘の乳房を押し潰しながらのし掛かってきた父の重みにさえ、喜びがこみ上げてしまう。そんな躾の行き届いた娘の口唇に、父はキスをし、舌を差し入れてくる。

（舌を絡ませると、おちんぽの勢いが増すの。私をママにした、おちんちん……♥）

舌同士の摩擦悦にも溺れ、なおさら締まりを増す膣。隙間なく締めついたことで、膣洞全体が父のペニスにピッタリの形になってしまっていることを改めて実感し、嬉し涙をこぼす──娘。

似合いの番いと思えばこそ、男の腰は征服欲に憑かれて突き続け、支配されたがった女は男の腰に両脚を絡めて放さない。

互いに舌を絡め、抱き締め合って密着し、相手の肉を全身で甘受する。

「ひゃあっ♥　お父さん、それだめぇ♥、そんなズンズンしたら赤ちゃんびっくりしちゃうよぉ♥」

「お前がま○こキュッキュ締めるからハッスルするんだろうが！」

快楽に誘われ産道を下りてきた子宮の口を、父の体重の乗ったピストンが続けざまに打ち据えた。

膣洞がいくら締めつけても、内部が蜜でヌルついているせいで逸物の突撃を押しとどめることができない。

（……大丈夫……お父さんに任せておけば全部、大丈夫だから……）

性的躾を受け続ける中で確立した根拠なき安心感が、流産への危機感を打ち消し、間断なく与えられる痺悦が、すぐに思考力そのものを奪い去ってしまった。

「あぐっ♥」

腰遣いの激しさはそのままに、父の両手がブラジャーを剥ぎ取り、露出したての両乳房を根元から揉み立てる。強く絞るように揉まれたことで、乳腺を快楽の波が駆け上り――。

「くぅ、ンンッ、出ちゃあっあああああ♥」

ぴゅ、ぷぶっ、ぴゅぴゅぅッ――。

快楽は母乳となって乳頭より噴き出した。

「こらっ、はしたない母乳射精するんじゃない！」

父は怒鳴ったものの、ミルクの甘ったるい匂いに昂奮したらしく、膣内の逸物がグッと膨らむのを千奈は歓喜と共に知覚した。

鼻息が吹きかかるほど顔を近づけた父の腰遣いがヒートアップし、ゴツンゴツンと子宮の口を突き上げる。その衝撃に見合った膨大な恍惚が、膣洞を瞬く間に占拠して、

千奈に最大限の卑しい腰振りを促した。

膣にまみれた恍惚は当たり前に乳にも伝染して、母乳を噴くたびに悦波が迸る。

(射精……私のおっぱい、射精しちゃってるんだ。ああ……すごい……)

射精という単語を聞いて思い出すのは、膣で、口で、尻の穴で味わい続けてきた父のそれ。勢いよく着弾してへばりつく精子の濃厚さが、まざまざ脳裏に蘇り、孕み妻にさらなる昂揚をもたらした。

今まさに自分の乳が同じように汁を噴き上げている。男性の射精というのも、この射乳と同じくらい甘露な衝撃を伴うのか。あるいは、それ以上なのか――?

父が毎日味わっている快楽を想像するとなおのこと、愛しく膣を締めつけずにいられない。胸が高鳴っては母乳を噴くのを、止めようもなかった。

「まったく。早漏母乳には困ったもんだ」

呆れて告げるや、父は娘の右乳輪をベロリと舐め回した。

「ふあぅっ」

滲み出ていた母乳を舐め取る代わりに唾液を塗りこめられて、乳輪が濡れ輝く。その卑猥な光景と、肉厚の舌がもたらす摩擦悦。二重の悦びが乳腺を刺激して、また新たな母乳が噴きつける。

「ごめんなさっ、んんっ♥　～～～♥」

父は詫びる娘の右乳首をぱくりと咥え、チューチューと音を立てて吸った。乳腺にとどまっていた分も根こそぎ吸い上げられ、射乳に伴う痺悦に浸っていた勃起乳首はいよいよ巨大な悦の波に襲われる。

右から左へ、そしてまた右へ。父の唇が、双乳を行き来しては溢れ続ける母乳を吸い立てた。乳輪を舐り回し、乳頭を噛む彼の催促に応じて、悦波と共に母乳が延々噴き出てゆく。

「あぁっ、また出ちゃっ……あッ！　あッあァ……おちんぽハメられながらおっぱい飲まれるの、凄いよぉ♥」

素直に告げれば、ご褒美にたくさん吸ってもらえる。膣を突いてもらえる。

そう確信すればこそ、娘は父の好む猥語を織り交ぜて白状した。

今や、射乳に伴う悦波は臍を通過して子宮にまで波及している。

子宮の口は、突き上げてくる亀頭を、まるで母乳の代わりに精子を寄こせと言わんばかりに随時吸引し始めていた。

「スケベ妻めっ。ほら、立て！」

父に手を引かれて机から身を起こし、一旦逸物を引き抜かれる。膣が物欲しげに蠢く間もなく、立ちバックの態勢で改めて逸物を迎え入れた瞬間。

「ひぃんッ！　深……ッああっ、お父さっ、深いよぉぉっ♥」

千奈の口から、随喜の震え声が噴出した。

再挿入されたばかりの膣洞が、ドロドロにぬかるんだ襞肉を蠢かせて早速逸物を歓待する。

「千奈は激しく突くとすぐお漏らしするからなっ……たっぷり激しくしてやる！」

宣言通りの激しいピストンが、産道を下りきった子宮にけたたましく響く。

目一杯締めついているおかげで摩擦悦も思う存分味わった膣壁が、大量の蜜を染み漏らし――ぷしゃっ、ぷしゃああっ。結合部から、潮となって噴き出した。

「お父さんが気持ちよく射精できるよう、お前のほうからもケツを振りなさい！」

「はひっっ♥　お父さっ、あひぃっ、これっ、奥に当たるぅぅ♥」

孕み妻の尻を潰す勢いで、父が腰を打ちつける中。

小規模の絶頂を繰り返し潮吹きし続ける千奈は、意識を朦朧《もうろう》とさせながらも尻を父へと押しつける。それにより、子宮の口に亀頭が突き刺さらんばかりにぶつかった。

我が子の眠る場所を気遣い、ピストンの勢いが落ちる――なんてことはなく、子宮との接触を感知していっそう、父はケダモノじみた乱暴な動きへと転じた。

（ああ、壊れちゃう、気持ちよすぎて私、壊れちゃうよォ……！）

――とっくに壊れているくせに。そこから抜け出したいとも思ってないくせに。

父の腰と娘の尻肉とがぶつかってパンパンと小気味良い音が響くたび、熾烈な快感の波と共に千奈の心の内で自虐の声が響き渡る。それにすら悦を覚えて、牝尻が父の突き込みを浴びるたび卑しくくねった。

併せて臨月腹が派手に揺れる。父親のノックによって目覚めた胎児が、中から腹を蹴り始めてもいた。

「あひっ、あっあああぁあっ」

産気づいた腹部に痛みが奔る中で、強かに擦られた膣肉が喜悦に咽ぶ。

膣を蠢動させれば、その分産気も増す。わかっていながら、逸物を締めつけては摩擦悦を享受する。

（駄目なの。私……気持ちいい所スリスリされたらぁ……）

心と身体に染みついた動作が、意識するまでもなく繰り返されてゆく。

ペニスが膣の感じる場所を狙って突き擦ってくれるように、ペニスの感じる場所を扱けるよう、牝腰の角度や振り方を無意識のうちに調節した。

「そうだッ、ママになるんだからな、お前は。子供のように甘えるだけじゃなく、旦那である儂への奉仕を忘れるなッ」

カリ首、裏筋の順で膣襞にねぶられた逸物が、いよいよ切羽詰まった脈動を響かせる。満悦顔でよだれ垂らした父が吠え、すでにトップスピードに乗っていると思われた腰遣いがさらに一段階速くなった。

「ぁはッあああっひぐッ♥　イっちゃいますッ、だん、な様ぁぁぁっ♥」

初めて口にする「旦那様」という呼称が、父の所有物であり続ける己の立場を再び知らしめた。男は征服の悦に、女は所有される悦びに突き動かされて、尻を振る。

「儂のっ、儂だけのま○こ嫁にっ、出すッ、イクぞォォッ！」

「あぁっ、はひぃッ、きてえぇぇぇ♥」

目一杯突き出す父の腰と、精一杯イヤらしくうねり押しつけた娘の腰とがぶつかって、互いに衝撃を与えた直後。

父が両手で娘の腰を掴み、さらに引き寄せた。

(中出ししてくれる時には必ずこうしてくれるの。私を放さないでいてくれる。……好き、お父さん。大好き……！)

溢れた思慕が膣の収縮を促す中で、ブグッと膨れた亀頭が、子宮口を貫かんばかりに打ち据えた。

先走り駄々洩れの発射口がついに子宮に突き入り、けたたましい鼓動を響かせる。うるさいと愚図《ぐず》る胎児がまた腹を内から蹴った。その衝撃が最後のひと押しとなる。

「ひぐっうぅイッッ……グ♥　ひぐぅううぅぅぅッッ♥」

父に腰を捕まえられたまま、一足先に至悦に達した娘の膣が盛大に潮を噴く。弧を描き飛んでから教室の床を叩くイキ汁の、濃厚な牝臭さにもあてられて、遅れて達した逸物が種汁を噴き上げた。

「一滴残らず搾り取れっ」

無様に引き攣る膣肉は、命令されるまでもなく、逸物を絞り、種汁を啜り取っていった。射精真っただ中の過敏なペニスは、膣襞にねぶられては脈動し、膣洞に絞られては噴き出す白濁の勢いを強める。

(あああ……出てる。中で白いの……赤ちゃんにいっぱいかかっちゃってる……。赤ちゃん、愚図って蹴ってきてるもん。お腹痛い……のに、なのに気持ちいいのが止まらない。おま○こ締めつけておちんぽ汁絞るの、やめられないよぉぉ♥)

「うぐッ、おっ、おぉぉおおおっ」

過剰な快感にさしもの父も言葉を失くし、喘ぎながら一心不乱に腰を押しつけ続けた。

「はひィッ♥　あぁぁ……まだ、出てるぅぅっ♥」

すでに満タン状態の膣洞に今また種汁が放たれる。なみなみ溜まった白濁粘性汁が糸を引いて波打った。

（お腹いっぱい……温かくて、幸せ……）

これこそが、自ら選び取った幸せなのだと思えばこそ、千奈は荒い息遣いもそのままに極上の笑顔を父へと差し向ける。

受け止める側の父もまた、ニヤリと毎度のイヤらしい笑みを浮かべ。

最後の一滴をペニスがひり出すその瞬間まで二人は接吻し続け、舌を絡めて飽くことなく悦を貪った。

「――ふぅっ。さすがにもう出んか……」

射出を終えて半萎えとなった逸物をなおも娘の膣壁に擦りつけ、余韻に浸っていた父だったが、

「……よし」

何か思いついた様子で、妙にウキウキして逸物を膣から引き抜く。

「ぁん……」

――もう少し、中に居て欲しかったな。

いまだ至悦のさなかにある千奈は、無言の訴えを視線に乗せて父に送ったものの、すぐに彼の新たな行動に心奪われた。

「ザーメン拭くのに、お前のスカート使うからな。儂の種の匂いをこびりつかせたこれを穿いて帰るんだぞ」

床に落ちていた制服のスカートを拾い上げ、それに逸物をくるんで拭き擦っている父。彼の得意げな顔と、見る見る染みの広がる己のスカートを同時に視界に収めて、千奈は――。

「……お父さん、最低すぎだよぉ……♥」

期待と悦びにまみれた声を上げる。交尾を終えたばかりだというのに早くも胸先が再勃起し、蠢動し始めた膣洞からは溜まった種汁がひり漏れた。

（こんなイヤらしいお母さんで、ごめんね……）

膣が種汁をひり落とす際の「ぶぴっ、ぶぴぴっ」という音色が、己の卑しさをありありと示している。

堪らず胎の子供に詫びるも、逸物を拭き終えたその手で頭を撫でられた瞬間に、懺悔の思いは吹き飛び、再び喜びで心が満たされた。

（この人の赤ちゃんを、もうじき産むんだ。それが、私が自分で選んだ……幸せ）

最初は、断れずに始めた父との関係。

けれど今は、自ら望んで得た妊娠という結果に心躍っている。出産も、彼の逞しい手に励まし支えてもらえる限りは怖くない。

そう思った矢先に、千奈の腹部を痛みが襲った。

「……っ、ぐ！」

これまでになく強い痛みに眉をしかめ、堪らず痛みの出処たる腹部を手で押さえる。

「千奈？　ひょっとして陣痛か……」

娘の行動と表情から勘づいた父が、緊迫の面持ちで問いかける。

けれどその手が、変わらず頭を撫で続けてくれていたから。

「うん、お腹、痛い……生まれちゃうかも……」

落ち着いて状況を伝えられた。

「よし。救急車を呼ぶから。すぐ来るからな」

そこから先は実に慌ただしく事が運んだ。

十分とかからず到着した救急車に乗せられて向かったのは、国立病院。そこの分娩室で奮闘すること、十二時間。

明くる日の早朝に無事、千奈は健康な男児を出産した。

エピローグ

春が過ぎて――家の庭を緑が彩った、晩夏。

この日も千奈は居間で、我が子を胸に抱いたまま父に跨り、腰を振り立てていた。

今日の千奈は去年の夏に父に買ってもらった授乳用ブラジャーを身に着けている。

赤子が空腹を訴えたらすぐ授乳できるようカップ部分のボタンを外しているため、剥き出しとなった乳房が腰振りのたび嬉々と跳ねた。

それを見て、昂奮した父と、単純に喜んだ我が子が同時に笑みを浮かべる。二人を眺める千奈の口元も堪らず綻んだ。

「うっく♥　こう、かな？　ああっ♥」

騎乗位は膣内の感じる所と逸物を思うように擦り合わせることができるので好きだ。タンタンとリズミカルに逸物を抜き差しする。そのリズムが、胸に抱く赤子にとっては心地よい振動となっているのを視認して、いっそうの喜びが胸に染む。

安心して腰の振り幅を増やし、さらなる恍惚の痺れを味わった。

「すっかり騎乗位も様になったなぁ。それでこそ儂の娘嫁だ」

気持ちよさそうに寝ているこの子も、さすが儂の子だな――。フード付きの産着《うぶぎ》にくるまれている赤子の頭をよしよしと撫でる父。「よく産んでくれた！」と感激しきりの様子で出産直後の千奈を称えた、あの日のそれと全く同じ撫で方だ。

(赤ちゃんだけずるい。私だって頭撫でて欲しいのに)

そう思ってしまう自分は、まだまだ母親として未熟。

「お父さん、私もっと頑張るね」

「うん？　頑張るって何をだ」

本当はわかっているくせに。

あえて知らぬふりを決めこんだ父が、子宮の口を逸物で突き上げる。

その都度、悦波にまみれた膣襞がキュウキュウと締めついた。今や意識せずとも、父好みの締め具合を披露することができてしまう。

(お父さんが一番気持ちいいキツさ。それが私にとっても一番感じる、キツさだから)

父にぴったり合うように変えられたこの身体が、今はこの上なく誇らしい。

「……二人とも、麦茶が入りましたよ」

父と娘の対話の切れ目を待っていたかのように、母――赤子からすれば祖母にあたる人が、盆に麦茶の入ったガラスコップを二つのせてやってくる。

父の妻でなく、赤子の祖母として生きる道を見出した彼女の表情に、もはや陰りはない。

「千奈。なんなら、しばらく私が抱いていてあげましょうか？」

すでに首が座っている赤ん坊は、騎乗位の腰振りのリズムが気に入っていて、今もすやすやと寝息を立てていた。

（なのにお母さんったら。抱っこしたくて堪らないのね）

実母のそんな心情が可笑しくて――自分が子供の時もそうだったのだろうと思うと嬉しくて、千奈は目を細め、笑顔で首を横に振った。

「う、んっ大丈夫、だよっぁんんッ♥　後でっ、種付けが終わったら代わってもらうねっ、やっああ奥っ当たるぅぅっ」

膣内の逸物が射精に向けてけたたましく脈を打ちだしたのを感知して、腰の打ちつけを速めながらの発言。

対する母はといえば――。

「しょうがないわね。じゃ、後で。約束よ」

にこやかな笑みと雰囲気のまま。麦茶の入ったコップ二つを盆から居間のテーブルの上に移し終えると、「ごゆっくり」と言い残して台所のほうへと戻っていった。

「この子が生まれて、すべて丸く収まった。家族仲良く暮らしていけるのも、千奈が元気な子を産んでくれたおかげだ。ありがとうな、千奈」

父は褒めそやしながら娘の腰を掴んでラストスパートに入った。

幼き日に見たのと重なって映る彼の笑顔に、またひと際の喜びが千奈の胸にこみ上げ。次いでいよいよ熾烈を極めた悦波が膣洞を埋め尽くす。

「えへへ。あんっ♥　あぁっお父さんっお父さぁぁぁっんん♥」

愛しい人を呼びながら腰を激しく上下させると、胸に抱いた我が子が欠伸《あくび》をする。

目覚めたばかりだというのに貪欲に、授乳用ブラジャーから零れている乳房に吸いついてくる我が子。

「あぁんん♥　おっぱいチュウチュウされてっ、イッちゃうよぉっ」

空腹だったのか、いつも以上に長く吸われ、とっくに勃起しきっている乳首がいよいよ切羽詰まった甘撃に見舞われた。

「赤ん坊にイカされるなんて、はしたないママだな！」

吠えた父の腰が突き上がり、これまで以上に強く子宮の口を打ち据える。その衝撃がさらなる恍惚を呼び。

「ごめっ、なさぃ、ごめんッひあぁあっ、イクっ、やっぱりお父さんのちんぽでイク

ううううぅっ♥」

訂正した愛娘の、手が届かない頭の代わりに尻を優しく撫でて、父が嗤《わら》う。

（あぁ……嬉しいよぉ。幸せ……ぇぇっ……）

精神的な充足と、射乳を啜り飲まれる快感。内外から同時に満たされた千奈が、赤子が吸いついてない側の乳頭からも喜悦のミルクを噴き漏らせば。

ミルクの香りに食欲をそそられた我が子の吸引が強まり、父も嬉々として膣を穿り立てる。親子がタッグを組んで責めてくる——そんな事態がなおのこと、孕み妻の心身を満たしてやまない。

「お父さっ、はぁっあああ♥ 私っ、この子に弟か妹を作ってあげたいっ」

一人っ子で育った自分が幼少期寂しい思いをしたことも踏まえ、懇願する。

子供が増えればさらに我が家はいっそう賑やかに、笑顔の絶えない居場所になるはずだ。そしてなにより、また子供を産んで父に褒められたかった。

「お願いッ。あァ……ッ、また、ぁッ、また産みたいのッ♥」

娘の妊娠願望を聞かされて、逸物が狂ったように子宮の口を突き捏ねる。

「ああ、すぐ仕込んでやるとも。儂も子供はたくさん欲しいからな。安心してまた孕みなさい！　おおっ、おっ、出るッ、千奈っ出すぞぉぉッ！」

ついには子宮の口をこじ開けて押し入り、子宮内粘膜に擦りついたところで限界に達した逸物が精を噴く。

「はひっ♥　はぁっあああはぁぁぁぁんんっ♥」

雪崩れこんでくる白濁を、引き攣れた子宮が啜る。

至悦へと駆け上がったことで、女体が頭のてっぺんから足のつま先まで震える中。

我が子を落とすまいと、千奈は抱く腕に意識を集中させた。

一方で、蒔かれた種を一滴も零すまいと膣口を食い締めることも、ひと時として忘れなかった。

父もまた目一杯腰を突き出すことで、射精真っ最中の逸物を子宮内に押しこめ続け。

「あッッ♥　ああ♥　出ちゃッ、うぁっあはあああああっ♥」

膣を食い締めるほど、悦の波は大きくなり、結合部から勢いよく潮が噴出する。弧を描いて飛んだ潮が父の腹の上へと着弾するのを、恍惚に霞む視界に収めながら。

「お父さっ大好き……あァ……頑張ってまた産むからねッ♥」

告げる千奈の頬を、嬉し涙が伝う。

種付けしながら喜色満面頷いた父の手が、掴んだ千奈の尻たぶをしきりに撫でた。

父は性欲を満たしたいあまりに、優しさをチラつかせているのだ。それでも構わない――今日もまた千奈は思い、そして確信していた。

父が優しく撫でてくれる限り、褒めてくれる限り。自分は幸せであり続けられるのだと。

女の絶頂は尾を引いて、まだ一向に引く気配がない。

それとは対照的に、子宮内に響く射精の鼓動が勢いを失くしていく中。

「お父さんは……幸せ……?」

惚けた顔で腰を押しつけ続けている父に問う。

「こんなできた娘嫁が居るんだ。世界一の幸せ者に決まっとる!」

大口を開けて笑い、即答してくれたことが嬉しかった。

徐々に萎えゆく逸物をなお執拗に子宮壁に擦りつけている、その貪欲さも、千奈の心と身体を虜にしてやまない。

孫の世話を焼くことに幸せを見つけた母・千草も。

裕福な家に生まれて何不自由ない暮らしが確約されている、そのうえ家族の誰からも愛されている赤ん坊も。

(私も、毎日愛されて。毎日皆の笑顔が見られて、幸せ)

家族の誰もが幸福でいられる、今。

他所《よそ》から見れば異常でも、今やっと自分たちは本当の意味で「家族」になれたのだと思う。

「ありがとう、お父さん」

だから改めて、日々喜びと悦びを与えてくれる人に感謝を伝え、それと同時に子宮で精子を最後の一滴まで搾り取る。

胎で波打つ種汁の重みととろみに耽溺しつつ、千奈は我が子の頭を撫であやす。その表情は、確かに幸せを噛み締めていた。

リアルドリーム文庫203

放課後代理妻

養父は娘を孕ませたい

2021年10月21日　初版発行

◎著者　空蝉

◎原作　リヒャルト・バフマン
（サークル 規制当局）

◎発行人
岡田英健

◎編集
藤本佳正

◎装丁
マイクロハウス

◎印刷所
図書印刷株式会社

◎発行
株式会社キルタイムコミュニケーション
〒104-0041 東京都中央区新富1-3-7ヨドコウビル
編集部　TEL03-3551-6147／FAX03-3551-6146
販売部　TEL03-3555-3431／FAX03-3551-1208

ISBN978-4-7992-1547-0 C0193